ऐसे भी सच हैं कई

(कहानी संग्रह)

ऐसे भी सच हैं कई

सुमन जैन

वाणी प्रकाशन

वाणी प्रकाशन
4695, 21-ए, दरियागंज, नयी दिल्ली 110 002
शाखा
अशोक राजपथ, पटना 800 004
फ़ोन: +91 11 23273167 फ़ैक्स: +91 11 23275710
www.vaniprakashan.in
vaniprakashan@gmail.com

AISE BHEE SACH HEIN KAEE
by Suman Jain

ISBN : 978-93-5072-358-6
Collection of Stories

प्रथम संस्करण : 2000
आवृत्ति : 2014
मूल्य : ₹ 150

न्यू कृष्णा ऑफ़सेट, दिल्ली-110 093 में मुद्रित

वाणी प्रकाशन का लोगो मक़बूल फ़िदा हुसेन की कूची से

स्वर्गीय पिताजी को...
जिन्होंने मेरे मानस का
निर्माण किया।

दो शब्द...

मेरा पहला कहानी-संग्रह सुधी पाठकों के समक्ष प्रस्तुत है, इसकी तमाम शक्तियाँ मेरे गुरूजनों, प्रियजनों एव शुभचिंतकों की देन हैं और कमजोरियाँ मेरी अपनी हैं।

जिन सभी की सहायता से आज यह पुस्तक पाठकों तक पहुँची है, वह सूची बहुत बड़ी है। मैं हृदय से उन सबके प्रति कृतज्ञता व्यक्त करना चाहती हूँ।

सर्वाधिक आभारी हूँ मैं वाणी प्रकाशन के श्री अरुण माहेश्वरीजी की, जिनके प्रेरणाजन्य प्रयासों से मेरी कहानियाँ पुस्तकाकार में ढल सकीं।

मैं अंतस्तल से ऋणी हूँ उन सबकी, जिन्होंने इस पुस्तक के निर्माण में प्रत्यक्ष अथवा अप्रत्यक्ष रूप से अपना योगदान दि"ा।

–सुमन जैन

9, नरसिंह निवास,
45, एम.बी. राऊत रोड,
शिवाजी-पार्क, दादर-(पश्चिम),
मुंबई–400028

अपनी बात

'अपनी बात' कहना जरूरी है क्योंकि यह रचनाकार का बयान है—पाठकों की अदालत में रचयिता को उसकी अपनी कसौटी पर परख कर ही उसके साथ न्याय किया जाता है। मेरा जीवन-क्षेत्र, कर्म-क्षेत्र है—शिक्षण-जगत। संभव है मेरी कहानियों की सोद्देश्यता के पीछे इस परिस्थिति का भी कुछ हाथ हो। प्रत्येक कहानी मानवीय संबंधों के घात-प्रतिघात की देन होती है। हर किसी के जीवन के आस-पास कहानियाँ अपने आप आकार लेती रहती हैं। प्रकृति की विराटता और विविधता में जो अनंत सौंदर्य बिखरा पड़ा है, उसके कुछ ही अंशों को कैमरे में पकड़ा जा सकता है। उसी प्रकार जीवन और जगत में बिखरी हुई कहानियों में से थोड़ी-बहुत ही लेखनीबद्ध की जा सकती हैं। इनकी उपयोगिता यही है कि ये पाठकों को भी अपने जीवन में झाँकने की प्रेरणा देती हैं।

भारतीय जीवन में पारिवारिक संबंधों का बहुत अधिक महत्त्व है। 'बड़ी-भाभी' भारतीय परिवार के सदस्यों की कहानी है। दुनिया बड़ी तेजी से बदल रही है, परंतु बहुत कुछ ऐसा है, जो अभी भी, पुराना होकर भी, मूल्यवान है और वह है, मूल्यों का आदर। 'बड़ी-भाभी' जैसी कहानी आदर्शवादी भारतीय भाभी का ऐसा रूप है, जो कल भी दर्शनीय था और कल भी रहेगा। यह आदर्श आज भी अनेक परिवारों का यथार्थ है। इसे चित्रित करने के पीछे जो सोद्देश्यता है उससे मैं इनकार नहीं कर सकती।

जीवन का कोई भी क्षण, कोई भी मोड़, कहानी बन सकता है। कहानी 'अहसास' ऐसा ही एक क्षण है। इस कहानी का सबसे बड़ा दोष यह है कि यह सीधी-सादी स्वाभाविक कहानी है, घर-घर की कहानी है और यही इस कहानी का बल भी है। पति-पत्नी की दुनिया जितनी छोटी होती है, उतनी ही बड़ी भी। एक और एक मिलकर दो भी होते हैं और ग्यारह भी। हम सब भी तो आधे-अधूरे हैं। फिर हमें क्या अधिकार है कि हम औरों को अपूर्ण कहें। परिवार की महानता है—एक-दूसरे के लिए जीना। किंतु परिवार की नियति है, एक-दूसरे से आवश्यकता से अधिक आशा रखना। इस

सत्य को भी नकारा नहीं जा सकता कि घर-परिवार में व्याप्त सहृदयता उस परिवार के किसी एक सदस्य के त्याग, समर्पण एवं सहिष्णुता का परिणाम है।

मानव जीवन का इतिहास अपनों से अधिक परायों के द्वारा बनता है। अपने तो इतने निकट होते हैं कि उन पर ध्यान ही नहीं जाता। जबकि पराये हमें दूर से नजदीक आकर प्रभावित करते रहते हैं। 'उसकी अपनी' कहानी ऐसी दूरियों-नजदीकियों की कहानी है। किसी व्यक्ति या वस्तु के प्रति हमारा आकर्षण कभी-कभी किसी अन्य व्यक्ति या वस्तु के प्रति हमारे विकर्षण का भी परिणाम होता है। एक जगह का अनुराग कहीं अन्यत्र के विराग की प्रतिक्रिया भी हो सकता है। सब कुछ मिलाकर कह सकते हैं कि जीवनभर 'जीवन' अनेक गलतफहमियों का शिकार होता रहता है। हम सब अपने-अपने लिये जीते हैं तब भी—जब हम दूसरों पर निछावर हो रहे होते हैं। मानव व्यक्तित्व के तीनों आयाम—बौद्धिकता, भावनात्मकता और क्रियाशीलता, हमारे संबंधों और व्यवहारों को गति देते हैं। इनके घात-प्रतिघात ही जीवन को कथात्मकता प्रदान करते हैं। सत्य और तथ्य को समझने में प्रायः देर हो जाया करती है और जीवन त्रासदी बन जाता है।

चौथी कहानी 'विडंबना' परस्पर मानवीय संबंधों की कहानी है। जीवन की सबसे बड़ी शक्ति एवं संपत्ति है—प्रेम। जहाँ प्रेम होता है, उसी के इर्द-गिर्द घृणा और द्वेष भी पनपते रहते हैं। नारी और पुरुष का प्रेम दोनों के विवाह में स्वाभाविक और सर्वोत्तम परिणति पाता है। हमारे यहाँ परंपरा है माता-पिता द्वारा संतान का विवाह तय और संपन्न करने की अर्थात विवाह के उपरांत नर-नारी को प्रेम करने की अनुमति देने की। फिर भी प्रेम-विवाह होते हैं और सफल भी होते हैं। सच पूछिए तो सभी विवाहों को प्रेम-विवाह तक पहुँचना होता है, क्योंकि प्रेम-विवाह का विकल्प घृणा-विवाह, द्वेष-विवाह इत्यादि हो ही नहीं सकते। प्रेम-विवाहों का सबसे अधिक कथात्मक अंश होता है, विवाह से पहले का पारिवारिक और सामाजिक संघर्ष। समाज के सत्य, सर्वाधिक आश्चर्यजनक हैं—सुविधाओं पर आधारित मान्यताओं को स्वीकारना अथवा नकारना सचमुच विकट कार्य है।

पाँचवीं और अंतिम कहानी 'ऐसे भी सच हैं कई...' मानव-जीवन के जुड़ते-टूटते संबंधों के सत्यों और तथ्यों की अभिव्यक्ति है। जीवन अद्भुत अनुभवों की अनोखी गाथा है। कभी-कभी जीवन में हम जिस पल को, जिस क्षण को, सुखों और खुशियों की देन मान बैठते हैं, हमारी पीड़ा का प्रवास वहीं से प्रारंभ होता है। हम जिन्हें अपना मान लेते हैं, हमें नहीं मालूम होता है कि वे कितने हमारे अपने होते हैं। विश्वास और अविश्वास के बीच बहुत झीना-सा अंतर होता है। कभी-कभी मानवीय संबंधों के बेमानीपन को अस्वीकार करना अत्यधिक कठिन हो जाता है फिर भी यह सत्य तो स्वीकार करना ही पड़ेगा कि जीवन की यथार्थ 'जीवनी शक्ति' भी सच्चे मानवीय संबंधों की देन है।

अनुक्रम

बड़ी भाभी

भोलापन, सादगी, सौम्यता, सरलता, सहजता...इन भाववाचक संज्ञाओं की विशेषता बड़ी भाभी से मिलकर ही ज्ञात हुई। यों भी इस जगत में इन विशेषताओं का सही अर्थ बहुत कम ही किसी व्यक्तित्व में झलकता है। बहुत बार तो इंसान बाह्य रूप से इन गुणों का प्रदर्शन करता है, किंतु उसके भीतर विपरीत गुणों का वास होता है। बड़ी भाभी इन सबसे बिलकुल अलग है—जब तक कोई उनके बहुत करीब जाकर न देखे, तब तक उनके इन आंतरिक गुणों का परिचय ही नहीं मिल पाता। उनमें कोई ढोंग नहीं, कोई दिखावा नहीं, कोई बनावट नहीं।

बड़ी भाभी के अद्वितीय सौंदर्य में, अलौकिक लावण्य में एक मोहिनी अवश्य है, जिससे कोई भी व्यक्ति उनसे अभिभूत हुए बिना नहीं रह सकता।

बड़ी भाभी के घर में आने से पूर्व की कथा भी बड़ी दिलचस्प है—बड़े भैया की अपनी पसंद है—बड़ी भाभी ! घरवालों को बड़े भैया की पसंद पर ऐतराज़ था, क्योंकि वे अपने बड़े बेटे एवं प्रथम संतान का विवाह अपनी पसंद से, अपनी मर्जी से करना चाहते थे। उस पर बड़ी भाभी बहुत पढ़ी-लिखी थीं और घरवाले बहुत पढ़ी-लिखी बहू नहीं चाहते थे। ''बहुत पढ़-लिखकर लड़की घर के योग्य नहीं रहती, वह सफल गृहिणी कभी नहीं बन सकती''—ऐसी उनकी धारणा थी, मान्यता थी। मुझे वे दिन आज भी भली-भाँति याद हैं, जब भैया शामों को चुपचाप ऊपर छत पर जाकर बैठ जाते थे...अत्यधिक उदास होते थे...कभी-कभी दर्दीले गीत गुनगुनाते थे ...कभी वाद्य पर उदास गीतों की तानें छेड़ते थे। उनको ऐसी अवस्था में देखकर मैं सदा कल्पना करती थी कि भैया की 'वो' कैसी होगी ? हालाँकि मेरी उम्र तब तक काफी छोटी थी, किंतु इतना समझ सकती थी कि घर में क्या चल रहा है ?...क्यों चल रहा है ?...उन दिनों घर का वातावरण बहुत गंभीर हो गया था। लोग एक-दूसरे से बेवज़ह ही नाराज़ नज़र आते थे।

हमारे दोमंजिले मकान में ऊपर के हिस्से पर हम रहते हैं और नीचे के हिस्से

में चाचाजी का परिवार। चाचाजी के दो बेटे हैं—'बड़े भैया' उन्हीं के ज्येष्ठ पुत्र हैं। चाचाजी के छोटे बेटे से भी छोटी हूँ मैं, इसलिए उन्हें भी 'छोटे भैया' कहती हूँ। मेरे अपने भैया बहुत कम वय में ही परलोक सिधार गए, किंतु बड़े भैया ने मुझे कभी भी यह अनुभव नहीं होने दिया। मुझ से उनकी विशेष आत्मीयता है, स्नेह है।

बड़े भैया अत्यधिक गंभीर किंतु सौम्य हैं। निष्कपटता, निश्छलता की प्रतिमूर्ति हैं वे ! भैया ने न झगड़ा-फसाद किया, न किसी प्रकार की जिद की, किंतु विवाह के प्रस्ताव निरंतर ठुकराकर विवाह करने से स्पष्ट इनकार करते रहे। चार वर्ष तक जब भैया अपनी बात से टस से मस न हुए और अपने संकल्प पर अटल रहे तो घरवालों ने अपनी पराजय स्वीकार करते हुए, भैया की उसी 'वो' से उनकी शादी कर दी। मुझे आज भी याद है चाचा-चाचीजी उखड़े-उखड़े ही रहे और समस्त औपचारिकताओं का निर्वाह अन्यमनस्कता से करते रहे।

आखिर बड़ी भाभी घर में आ ही गईं...दुल्हिन रूप में उनका सजा-सँवरा स्वरूप निहार मैं तो चकित ही रह गई। ऐसा अप्रतिम सौंदर्य...ऐसी अलौकिक आभा कि दृष्टि चेहरे से हटती ही न थी...मैं एकटक देखती ही रह गई...किंतु भाभी मुस्करा दी थीं। औंर आहिस्ता से बोली थीं—''तुम शीला हो ना ?'' हाय, कैसी सात्विक मुस्कान थी, कितना अलौकिक स्वर था...उस दिन से भाभी से जो अनुराग हुआ तो बढ़ता ही रहा, बस—भाभी हैं ही ऐसी !

भाभी घर में आई तो खुशियों की सौगात लेकर आई...चाचा-चाची चंद दिनों में ही उन पर मोहित हो गए। उनका अपरिमित उल्लास उनके अंग-अंग से झलकता था। हमारा छोटा-सा शहर है—भाभी ने तो घरवालों का ही नहीं, अपितु क्या आस-पड़ोस, क्या बिरादरी वाले—सभी का मन जीत लिया। भाभी बहुत सफाई-पसंद हैं, आते ही घर को ऐसा चमका दिया कि सब हतप्रभ रह गए...दूर-दूर तक उनके गुणों की चर्चा होने लगी।

हमारे छोटे-से शहर में परंपरागत घूँघट, सर ढाँपने की मर्यादा तक सिमट कर रह गया है, किंतु इस मर्यादा का उल्लंघन अपराध माना जाता है। चाचा-चाची इस बात को लेकर भी कुछ सशंकित थे कि पढ़ी-लिखी बहू इन मर्यादाओं को स्वीकार नहीं करेगी, लेकिन विवाह के कुछ माह के उपरांत ही जिस गुण ने उन्हें सर्वाधिक प्रशंसा का पात्र बनाया, वह उनका यही गुण था। कितना ही कठिन, कितना ही बड़ा काम भाभी कर रही हो—क्या मज़ाल है कि भाभी का पल्लू ज़रा सा भी सर से सरके। मैंने भी कुतूहलवश भाभी से एक दिन पूछ ही लिया था—''भाभी तुम्हें घबराहट नहीं मालूम होती, सारा दिन सर पर पल्लू रखने में।''

''घबराहट किस बात की रे ! हाँ, शुरू-शुरू में आदत नहीं थी ना तो मुश्किल

होती थी। डर लगता था अनजाने में गिर न जाए कहीं।''

''फिर भी कभी-कभी तो चिढ़ होती होगी।''

''जिस बात से बड़ों को सुख मिले, उसमें भला चिढ़ कैसी ! सचमुच शीला, किसी को खुशी देकर कैसा असीम आनंद प्राप्त होता है, यह केवल अनुभव से जाना जा सकता है।''

किंतु कुछ ही महीनों में भैया-भाभी व्यापार के सिलसिले में दिल्ली चले गए। भैया को दिल्ली का दफ्तर संभालने की जिम्मेदारी दी गई। बड़ी भाभी के जाते ही मानो घर की आत्मा ही चली गई। अब वह छुट्टियों ही में आतीं...वे कुछ दिन सबके लिए त्योहार के दिन हो जाते। उनके जाने के दिन से ही, उनके अगली बार आने की प्रतीक्षा प्रारंभ हो जाती। किसी के व्यक्तित्व में इतनी मोहिनी शक्ति कैसे होती है कि अजीब चुंबकीय आकर्षण से मन उसी की ओर भागता है...यह समझ पाना अत्यधिक दुष्कर है। भाभी में इस मोहिनी-शक्ति को मैंने सदा अनुभव किया है।

मैं भाभी को अच्छा समझती थी, बहुत अच्छा समझती थी, किंतु उनकी वास्तविक महानता से मैं कदाचित् कभी भी परिचित न हो पाती, यदि दो वर्ष के उपरांत उनके देवर यानी कि मेरे 'छोटे भैया' की शादी न हुई होती और उनकी देवरानी न आई होती।

मेरी स्मृति में स्पष्ट अंकित हैं—वे दिन...जब छोटे भैया के विवाह के दस रोज पूर्व ही भाभी पहुँची थीं, किंतु जिस तत्परता, तन्मयता, बुद्धिमत्ता एवं सहजता से उन्होंने सारे घर की जिम्मेदारी अपने ऊपर ले ली थी—सभी आश्चर्य-चकित रह गए थे।—''बहू टीके का सामान कहाँ है ?'' ....''बहू शगुन की चीजें संभाल दीं ना ?'' ...''बहू वो रानीहार कहाँ है ?''...''बहू मिलनी की राशि तुम्हें संभालने के लिए दी थी ना ?—ले आना तो ज़रा।''...तमाम ध्वनियाँ आज भी कानों में ताजा हैं। बड़ी भाभी के पाँव में तो जैसे पर लग गए थे—कभी ऐसा नहीं हुआ कि भाभी ने कोई वस्तु देने में क्षणभर का विलंब किया हो, पलभर को दुविधा-ग्रस्त लगी हो..., भाग-दौड़ कर समस्त कार्य संपन्न करने में ज़रा-सी थकान दिखाई हो अथवा एक लम्हे को भी शिकन आई हो उनके चेहरे पर। उनकी इस अद्वितीय, असाधारण क्षमता का परिचय हम सभी को उन्हीं दिनों मिला, जिसकी चर्चा सारे कुनबे में विवाहोपरांत भी बहुत दिनों तक होती रही और फिर वही बड़ी भाभी—जिसके अपने विवाह पर, अप्रसन्न होने के कारण किसी ने नाज़ नहीं उठाए...वही भाभी अपनी देवरानी के सैकड़ों नाज़ उठा रही थी।

यह सब तो वह था जो सभी ने देखा और सराहा, किंतु ऐसा बहुत कुछ है बड़ी भाभी के व्यक्तित्व में जिसकी झलक किसी को मिली ही नहीं। बड़ी भाभी की उसी महानता से मेरा परिचय बहुत करीब से हुआ है। हम अक्सर छोटी-छोटी

बातों में बहुत नीचे गिर जाते हैं। अपना प्रभुत्व एव वर्चस्व बनाए रखने के लिए दूसरों को नीचे गिराने में भी संकोच नहीं करते...किंतु बड़ी भाभी तो कमलिनी के समान हैं, जिन पर पंकिल प्रवृत्तियों का प्रभाव पड़ता ही नहीं–सहनशीलता, संयम, शांति की साकार मूर्ति हैं वे ! बहुत छोटे-छोटे किंतु बड़े सूक्ष्म अवसरों पर उनको परखने का अवसर मुझे मिला है और मैं उनकी महानता के समक्ष नत-मस्तक हो गई हूँ।

बड़ी भाभी का व्यक्तित्व बाह्य-रूप से अत्यधिक भोलेपन एवं सरलता को रेखांकित नहीं करता, किंतु उनका हृदय अपरिमित सरलता, विशालता की खान है। जबकि छोटे भैया की नयी दुल्हिन यानि छोटी भाभी ऊपर से अत्यधिक भोलेपन का आभास देती हैं, पर न जाने क्यों वे प्रारंभ से ही मुझे अभिभूत नहीं कर पाईं ...यह बताना कठिन है कि क्यों ? हो सकता है कि मेरी दृष्टि ने प्रथम अवसर पर जो व्यापकता बड़ी भाभी में पाई थी, वह छोटी भाभी में पाने में असफल रही हो। प्रारंभ में जब उनके लिए सभी के मुँह से सुनती थी–''बड़ी भोली है बहू !''–''बड़ी सीधी है बहू !''–तो मैं स्वयं अपने अंतर को कुरेदती थी कि कहीं मेरा अचेतन बड़ी भाभी की मोहिनी शक्ति से ग्रस्त होकर, छोटी भाभी के प्रति पूर्वाग्रही तो नहीं हो उठा...किंतु आज छोटी भाभी के चरित्र एवं व्यक्तित्व के सूक्ष्मावलोकन के पश्चात् मैं स्वयं को स्पष्टतः क्षमा करने की स्थिति में पाती हूँ।

छोटे भैया के विवाह के कुछ महीनों के बाद बड़े भैया-भाभी ने सपरिवार कहीं घूमने जाने का कार्यक्रम बनाया। मुंबई तथा उसके आसपास के किसी पर्यटन-स्थल पर जाने का निश्चय किया गया। चाचाजी का पूरा परिवार और मैं निश्चित दिवस पर रवाना हुए। बड़े भैया-भाभी की ओर से मेरे लिए विशेष आमंत्रण एवं आग्रह था। मेरे लिए दोनों भाभियों की करीब से देखने का यह प्रथम अवसर था और मैं किसी शोध-कार्य की भाँति इसे परिणाम दे रही थी।

मुंबई से कुछ ही दूरी पर, कुछ ऊँचाई पर बसा है–महाबलेश्वर। मुंबई में पहुँचकर कई कार्यक्रम बने-बिगड़े, कई स्थान चुने-छोड़े...अंत में चाचीजी की धार्मिक वृत्ति ने महाबलेश्वर जाने में औचित्य माना। जिस दिन हमें रवाना होना था, उसी दिन सुबह बड़े-भैया किसी आवश्यक काम में उलझ गए, तो हम लोग दोपहर को ही रवाना हो पाए। महाबलेश्वर पहुँचते-पहुँचते निश्चित हुआ कि तीन कमरे ले लिए जाएँ। बड़े भैया पता लगाकर आए कि तीन कमरे एक साथ नहीं मिलेंगे–सीढ़ियों के बाईं तरफ बिल्कुल किनारे में एक कमरा खाली था और सीढ़ियों से लगे, सीढ़ियों की दाहिनी ओर दो कमरे खाली थे। इतनी रात गए कहीं और पूछताछ नहीं करना चाहते थे, इसलिए वही तीन कमरे आरक्षित कर लिए गए। बड़े भैया औपचारिकताओं में व्यस्त हो गए–हम सभी नीचे खड़े थे–मैंने देखा, छोटी भाभी ने इशारे से छोटे

भैया को बुलाया...आहिस्ता से कुछ कहा—छोटे भैया ने भाभी को अपने हाथ का बैग पकड़ाकर कहा—"अच्छा जाओ।" भाभी ने बैग तो थामा ही और साथ-ही अपनी अटैची उठाकर तेज कदमों से चल दीं। छोटे-भैया ने पीछे से पुकारा—"अरे, अटैची तो नौकर ले जाएँगे।" भाभी तो बस अनसुना कर निकल गईं। थोड़ी देर बाद जब मैं नौकरों से सामान इधर उधर रखवाती हुई छोटी भाभी के कमरे के करीब पहुँची, तो मेरे आगे-आगे छोटे-भैया कमरे में घुसे ही थे...लपक कर छोटी भाभी कह उठीं—"कुछ समझते तो हो नहीं...यों ही बुलाते जाते थे...अटैची तो मैं इसलिए ले आई थी कि यहाँ अपना सामान रख दूँ तो यह कमरा अपने लिये निश्चित हो जाएगा।"

"उससे क्या फर्क पड़ता है ?" भैया ने पूछा।

"उस ओर कमरा लेते तो साथ ही माँ-बाऊजी का कमरा रहता—एकांत नहीं मिलता ना, यह किनारे में बिल्कुल अकेला कमरा है।"

मैं नौकर को कमरे में जाने का संकेत करके, बाहर से ही लौट आई...तो बड़ी भाभी बाहर बरामदे में चाचा-चाचीजी से पूछ रही थीं—"माँजी देख लें, आपको जो कमरा पसंद हो, उसी में सामान रखवा दें।"

"एक ही बात है, कहीं भी रखवा दो बेटी।" चाचाजी का उत्तर था।

बड़ी भाभी ने इशारे से मुझे बुलाकर कहा—"चलो शीला, उस तरफ वाले कमरे में माँ-बाऊजी का सामान रख दें। सीढ़ियों से जुड़े कमरे में तो आने-जाने वालों का शोर होता रहेगा।" ...मैं मन-ही-मन मुग्ध हो बड़ी भाभी को देखती ही रह गई। लौटकर सामान लेने बरामदे में आई तो देखा छोटी भाभी अपने कमरे से निकलकर चाचाजी के पास आ चुकी थीं। वे बड़ी भोली अदा बनाकर बोलीं—"माँजी आपको वो किनारे वाला कमरा लेना चाहिए था—शांति रहती, बाऊजी को भी आराम रहता।" मैंने सुना तो मेरे पाँव तले की जमीन खिसक गई—उस क्षण जो भाव मेरे मन में आए, उसे क्या नाम दूँ—आश्चर्य, क्रोध, वितृष्णा अथवा इन्हीं भावों का मिलाजुला कोई एक अन्य-भाव !

दूसरी सुबह हम घूमने के लिए निकल पड़े। प्रकृति ने भी अपने आँचल में कैसा अनुपम सौंदर्य समेट रखा है। सुरम्य प्रकृति के चारों ओर बिखरी विस्तृत लावण्य-राशि को मैं दृष्टि से पी रही थी...और इस सौंदर्यमयी, लावण्यमयी सृष्टि के रचयिता को खोज रही थी। ऐसे स्थानों पर पहुँचकर उस असीम से परिचित होने की उत्कट इच्छा प्रबलतम हो उठती है। एक अत्यंत सुंदर दृश्य देखकर बड़े भैया ने कुछ तस्वीरें खींचने का प्रस्ताव रखा। अन्य सभी कपड़े-बालादि ठीक करने लगे। भैया कैमरा हाथ में लिये सबको फोकस करने की कोशिश कर रहे थे कि मैंने उनके करीब जाकर कहा, "लाइए भैया, पहले एक तस्वीर मैं आप सबकी खींचूँगी।" भैया ने बिना किसी विरोध के कैमरा थमाया और जाकर सबसे जा मिले। मैं फोकस करने

में जुट गई–बाएँ से छोटे भैया, बड़े भैया, चाचाजी, चाचीजी, बड़ी भाभी, छोटी भाभी–सब इस क्रम में खड़े थे। मैंने पूछा–"तैयार ?" तो अपने दाहिने हाथ से अपने सरकते पल्लू को संभालते हुए, बड़ी भाभी ने बाएँ हाथ से मुझे रुकने का संकेत किया। चाचीजी, जो बिल्कुल उनके साथ ही खड़ी थीं–बोल उठीं–"रहने दो बहू, बाहर घूमने आए हो तो पल्लू संभालने में मत रहो, उतार दो कोई फरक नहीं पड़ता। चाचाजी ने भी समर्थन किया, "हाँ-हाँ कोई बात नहीं उतार दो।" लेकिन बड़ी भाभी ने अत्यधिक सादगी से मुस्कराकर चाचीजी की ओर देखा और पल्लू को सर तक खींच लिया। कैमरे के पीछे से मेरी आँख ने जो छोटी भाभी के हाव-भाव देखे, तो दंग रह गई–क्रोध से तपती एक बहुत ही कटाक्षपूर्ण दृष्टि बड़ी भाभी पर डालकर वे लंबी साँस खींच पल्लू ठीक करने लगीं, जिसे केवल मेरी कैमरे के पीछे टिकी आँख ही देख सकी।

उसके बाद छोटी भाभी की तबीयत कुछ उखड़ी-उखड़ी सी रही।

"क्या बात है भाभी ?" मौका पाकर मुस्कराते हुए मैंने पूछ ही लिया–"तस्वीर खिंचवाते वक्त तुम उखड़ी-उखड़ी सी क्यों हो उठी थीं, लैंस के पीछे से मेरी दृष्टि स्पष्ट देख रही थी तुम्हें।" छोटी भाभी तो एकाएक ऐसे बिफरीं कि क्षणभर के लिए मैं स्तंभित रह गई–"तो क्या, मुझे ऐसा दिखावा नहीं अच्छा लगता। जब बड़ों ने स्वयं पल्लू न लेने की इज़ाज़त दे ही दी, तो भाभी को नाटक करने की भला क्या आवश्यकता थी।"

बड़ी भाभी की सरलता एवं सत्यता के प्रति मेरी सहज श्रद्धा आहत हो उठी। यह कहते हुए मेरा रुख कुछ कठोर अवश्य हो गया होगा–"छोटी भाभी क्षमा करना ! दिखावा, बनावट एवं नाटक जैसे शब्द बड़ी भाभी के लिए नहीं बने हैं–वे इन सबसे बहुत ऊपर हैं। शायद तुम्हें ज्ञात नहीं कि ऐसा पहली बार नहीं हुआ है। तुम्हारे विवाह के समय तो सभी बुजुर्ग भाभी के पीछे पड़े थे कि–"बहू सर ढाँपने के पीछे मत रहो, ऐसे अवसरों पर बाल-वाल बनाने, सजने-सँवरने का क्या उपयोग ? तुम तो पूरा वक्त पल्लू ही संभालती रहोगी, उस पर इतनी भारी साड़ी है–सर दुःख जाएगा।" पर बड़ी भाभी बहुत संकोच से मुस्कराकर एक ही उत्तर दिए जा रही थीं..."आप ठीक कह रहे हैं, किंतु हमें संकोच होता है, सारी बिरादरी के सामने।"

उसी शाम चाचाजी का रक्त-चाप बढ़ जाने से थोड़ा तनाव सभी पर हावी हो गया। सभी होटल में ही रहे। दूसरी सुबह चाचाजी के स्वस्थ दिखाई देने के बावजूद कोई नहीं चाहता था कि वे थोड़ी-सी भी थकान लें। नाश्ता करने के पश्चात चाचीजी ने हम सबसे कहा कि–"तुम लोग बाज़ार की ओर हो आओ। जो थोड़ा बहुत सामान खरीदना हो खरीद लो, मैं तुम्हारे बाऊजी के पास हूँ।" उन दोनों को छोड़कर जाने के लिए बड़ी भाभी तैयार नहीं थीं किंतु चाचाजी के बहुत आग्रह पर उनको भी

चलना ही पड़ा। हम यहाँ-वहाँ बाज़ार में घूमते रहे...देखते रहे...चप्पलों की दुकान से चप्पलें लीं—एक जोड़ी चाचीजी के लिए भी ले ली। यहाँ-वहाँ से कुछ छोटी-मोटी चीजें लीं। सामने चाय की दुकान देखकर दोनों भैया रुक गए और हमसे बोले—"जाओ तुम लोग बाकी बाज़ार देख आओ, हम यहीं बैठे हैं—जल्दी आना।"

कुछ दूर चलकर एक सजी दुकान देखकर छोटी भाभी उसमें घुस गईं...हम दोनों भी साथ हो लीं। छोटी भाभी उस ओर चल दीं, जहाँ पुरुषों की प्रसाधन सामग्री रखी थी। ऐसे स्थलों पर इन चीजों के दाम दुगुने-तिगुने चढ़ा दिए जाते हैं—इसलिए छोटी भाभी को पुरुषों का लोशन लेते देख बड़ी भाभी कहने लगीं—"स्नेहा यह मुंबई से ले लेंगे, यहाँ बेकार ही मनमाने दाम लगा देते हैं।"

"नहीं आपके देवर को इसकी सख्त जरूरत है, कह रहे थे मुंबई में भूल आया हूँ।" कहते हुए छोटी भाभी ने पैसे अदा कर, दुकानदार से बाँधने के लिए कहा।

दोपहर का खाना खाकर हम सभी बड़ी भाभी के कमरे में ही बैठे थे। चाचाजी पास वाले कमरे में ही लेटे थे। खूब हँसी-मजाक चल रहा था। इतने में घड़ी की ओर नज़र जाते ही चाची बोल उठीं—"चलूँ ज़रा तुम्हारे बाऊजी को दवा दे दूँ। तब दरवाजे के पास के पलंग के छोर पर बैठी छोटी भाभी उठ खड़ी हुईं..."आप बैठें माँजी मैं देती हूँ। चाचीजी ने बताया कि सामने की अलमारी में दवाओं का बक्सा पड़ा है। उसमें शीशी पड़ी है दवा की...एक गोली दे देना।" छोटी भाभी तेज कदमों से चलीं... जब बहुत देर तक नहीं आईं, तो चाचीजी बोल उठीं—"देख इतनी देर कहाँ लग गई, शायद बहू को दवा नहीं मिली, उससे कहना कि अलमारी में न मिले तो नीचे के सूटकेस में देख ले।" मैं चाचाजी के कमरे तक पहुँची तो ठगी-सी रह गई...छोटी भाभी लोशन की वही शीशी चाचाजी को दिखाकर कह रहीं थीं—"बाबूजी, मैं आपके लिए लाई हूँ...बाज़ार में दिखाई दी, अच्छी लगी तो ले ली।"

"ओ हो बहू... ! बेटी, इसकी क्या आवश्यकता थी ?"

"भाभी, चाचीजी पूछ रहीं है दवा मिली की नहीं, नहीं तो नीचे के सूटकेस में देख लो।"

अब भाभी के मुँह में तो जुबान ही नहीं...मुँह पीला पड़ गया...शब्द गले में ही अटक गए...कुछ जवाब देते नहीं बना।

इसके पश्चात् तो दिन भर मेरा चित्त क्लांत रहा, परेशान रहा। भोली बहू की इस निकृष्ट हरकत ने मुझे भीतर तक हिला दिया। क्यों इस संसार में मानव स्वयं को ऊँचा उठाने के लिए, दूसरों को गिराने में लगा रहता है। क्यों परस्पर संबंधों में इतना विषैलापन, इतनी अनिर्मलता, इतना वैमनस्य आ गया है ? क्यों लोग आपस में—अपनत्व से, समादर से, आस्था से, अनुराग से नहीं जीते ?

मेरी बहुत इच्छा हुई कि मैं बड़ी भाभी को छोटी भाभी की सच्चाई बता दूँ

किंतु मुझे ज्ञात था कि बड़ी भाभी—"तो क्या हुआ।"—कहकर टाल देंगी। मैं चाहती थी कि बड़ी भाभी इन हरकतों को पहचान लें। कभी उन्हें छोटी भाभी के कारण नुकसान ने उठाना पड़ जाए, किंतु चाहकर भी बड़ी भाभी से मैं कुछ भी न कह पाई।

इस बार भाभी लंबे अंतराल के पश्चात् हमारे शहर में आईं। गत वर्ष भाभी ने जब एक सलोने पुत्र को जन्म दिया, तो हमीं सब दिल्ली गए थे। मेरे बी.ए. के इम्तिहान थे, तो एक हफ्ते में ही लौट आना पड़ा।

बड़ी भाभी के आ जाने पर तो लगभग मेरा पूरा दिन नीचे चाचाजी के यहाँ ही गुज़रता है...कभी-कभी बातों में रात बहुत देर हो जाए, तो नीचे सो भी जाती हूँ। माँ का भी बड़ी भाभी पर सहज स्नेह है, इसलिए उनके प्रति मेरी भावना का भी वे आदर करतीं हैं और मेरे लगातार नीचे होने में कोई आपत्ति नहीं करतीं।

विवाह से लेकर छोटी भाभी हमारे नीचे ही रह रही हैं, इसलिए उनकी व्यवहारगत उपलब्धियों एवं अभावों से मैं भली-भाँति परिचित हो चुकी हूँ। मैंने असंख्य-अवसरों पर यह देखा है कि वे विशाल-हृदया नहीं हैं। किसी को कुछ देने में किसी के लिए कुछ करने में, उन्हें बड़ी दुविधा होती है। मैंने अक्सर बड़ी भाभी को उनके लिए कुछ लाते देखा है, किंतु यह देखने के लिए मेरी आंखें तृषित ही रह गईं कि वे भी बड़ी भाभी को कुछ दे रही हैं। इस बार कुछ बहुत छोटी-छोटी बातों को लेकर छोटी भाभी का ओछापन तो मुझे अत्यधिक आहत कर गया।

भाभी-भैया स्टेशन से घर पहुँचे तो कुछ देर बाद चाचीजी ने मुझे उनके नहाने-धोने की तैयारी करने का आदेश दिया। सब कुछ तैयार कर मैंने तौलियों की अलमारी से दो नए तौलिए निकाल दिए। बड़ी भाभी के अनुपम सौंदर्य में सोने पर सुहागा उनके लंबे घने बाल हैं, मैं जानती हूँ, इसलिए भाभी हमेशा बड़ा तौलिया इस्तेमाल करती हैं। चाचाजी अत्यधिक विशाल हृदय हैं उनके इस गुण की छाप घर भर में दिखाई देती है। वे प्रत्येक वस्तु घर में थानों में लाकर रख देते हैं—चादर हों, तौलिए हों, साबुन हों अथवा घर में नियमित रूप से इस्तेमाल की जाने वाली कोई आवश्यक वस्तु।

तीसरे दिन स्नान से पूर्व बड़ी भाभी ने धीरे से अपनी देवरानी से पूछा—"स्नेहा, मेरा तौलिया नहीं दिखाई दे रहा ? तुमने देखा कहीं... ?

"हाँ भाभी, वो क्या है—कल सारे तौलिए धोए थे ना..." छोटी भाभी जवाब दे रही थीं।

"हाँ-हाँ, मुझे मालूम है, मैंने ही कल शाम समेटकर इसी जगह रखे थे—बाकी सब तो हैं किंतु मेरा...।" एक-एक कर भाभी ने इधर-उधर खोजती हुई दृष्टि डालते हुए कहा।

"वो...भाभी मैंने ही उसे अलमारी में रख दिया..." फिर तेजी से—"आपको ला दूँ क्या ?" कहकर चली गईं।

बड़ी भाभी और मेरी समझ में कुछ भी न आया, किंतु थोड़ी देर में जब छोटी भाभी ने बहुत-ही पुराना सा, छोटा-सा, मटमैला-सा तौलिया लाकर भाभी को थमाया तो सारी कथा मेरी समझ में आ गई। मैंने जो तौलिया भाभी के लिए निकाला था, वह कुछ नरम भी था और बड़ा भी।

"यह चल जाएगा ?" छोटी भाभी ने तौलिया थमाते हुए पूछा तो क्षण भर के लिए भाभी का मुँह पीला पड़ गया, किंतु दूसरे ही क्षण सहज मुस्कान से 'चलेगा।' कहकर तौलिया उन्होंने ले लिया।

छोटी भाभी का यह ओछा व्यवहार मेरे लिये असह्य हो उठा, परंतु बड़ी भाभी का रवैया देखकर चुप रह जाना पड़ा।

गर्मी के दिन हों तो सुबह के नाश्ते के बाद लस्सी ही चलती है—हमारे यहाँ। घर के पुरुष जब नाश्ता कर, लस्सी पीकर चले गए तो हम नाश्ते पर बैठे। चार जनों के लिए लस्सी कुछ कम थी। मैं और बनाने को हुई तो चाचीजी ने बीच में ही टोका—"तला हुआ नाश्ता कर रहे हैं, तो उस पर चाय पी लेते हैं। ग्यारह-बारह बजे थोड़ी-थोड़ी लस्सी पी लेना।"

बड़ी भाभी के आने पर घर की सारी अलमारियाँ सँवर जाती थीं...उनकी विशिष्ट आदत थी कि वे एक-एक कर घर की सारी अलमारियों को सँवारती थीं। उस रोज भी नाश्ते से निपटकर भाभी इसी काम में उलझ गईं। सारा काम समेटकर, छोटी भाभी से जो कि अभी-अभी कमरे में घुसी थीं, बोलीं—"चलो स्नेहा, अब पीते हैं लस्सी, प्यास भी ज़ोरों की लगी है।"

छोटी भाभी छोटा-सा मुँह बनाकर बोलीं—"वो लस्सी तो हमने पी ली, माँजी ने कहा थोड़ी-सी तो है—पी लो, फिर कुछ झेंपते हुए अनमनेपन से पूछा—"आप कहें, तो और बना दूँ ?"

बड़ी भाभी बहुत ही सहज भाव से मुस्कराते हुए बोलीं—"अरे नहीं-नहीं, हम पानी ही पी लेते हैं।"

इतने में मुन्ना रोने लगा तो बड़ी भाभी उसे उठाकर चुप कराने लगीं। तब तक छोटी भाभी कमरे से निकल चुकी थीं। दो मिनट बाद मुझे याद आया कि बड़ी भाभी को तो प्यास लगी थी, पानी तो ला दूँ। मैं रसोईघर की ओर चल दी—दरवाज़े तक पहुँचते-पहुँचते छोटी भाभी की आवाज सुनाई दी तो मैं सायास रुक गई—क्योंकि अब तक उनकी प्रवृत्तियों से मैं भली-भाँति परिचित हो चुकी थी। छोटी भाभी चाचीजी से कह रहीं थीं—"देखा माँजी आपने हमको जबरदस्ती लस्सी पिला दी, और अब बड़ी भाभी माँग रही थीं। हमने कह दिया खत्म हो गई, तो बेहद नाराज हो उठीं।"

मैं अवाक रह गई—कितने भोलेपन से चालाकी भरा झूठ बोल गईं भोली भाभी ! मैं पिछले कुछ दिनों से बड़ी भाभी के प्रति उनके व्यवहार को लेकर बहुत पीड़ित थी। ग़जब का छल-छद्म था उनमें। चाचा-चाचीजी के समक्ष तो वह बड़ी भाभी को इतना पूछती कि देखनेवाले प्रभावित हो जाएँ, किंतु जब चाचा-चाचीजी नहीं होते, तो अजीबोग़रीब विकर्षण, विरक्तिपूर्ण ढंग से पेश आतीं। इतने दिनों से भरी तो बैठी थी मैं—उनका मिथ्यारोप सुनकर दग्ध हो उठी मैं ! तेजी से रसोई में जाकर पानी भरने लगी तो चाची ने टोका—''पानी रहने दे, लस्सी बना दे शीला !'' अब मैं आपे से बाहर हो उठी—''बड़ी भाभी ने कब लस्सी माँगी भला ? उन्हें तो लगा सुबह से पड़ी है—खराब हो जाएगी, तब तो आप ही नाराज़ होतीं ना ?'' उबलते हुए मैं बोल उठी—फिर आग्नेय दृष्टि छोटी भाभी पर डाल चाचीजी को रोष से देखती हुई मैं बहुत तेजी से रसोई से निकल गई।

क्रोध के आवेश के दुर्दम आवेग में बड़ी भाभी से छोटी भाभी की दुष्ट हरकत कह सुनाई और उसके साथ ही उन सारी हरकतों का हिसाब-किताब भी दे दिया, जिसकी मैं सबसे बड़ी गवाह थी। कहते हुए निश्चित रूप से मेरी वाणी से कठोर वचन निकले होंगे...भावों में अनादर भी झलका ही होगा।

बात पूरी करने के पश्चात् मैंने बड़ी भाभी के चेहरे की ओर देखा तो मेरे आश्चर्य की सीमा न रही....उनका चेहरा क्रोध से तमतमा रहा था। मैंने इतने वर्षों में उन्हें इस रूप में पहली बार देखा—''मैं तुमसे ऐसे निम्न व्यवहार की कल्पना भी नहीं कर सकती...इस तरह निरंतर दूसरों में अभाव और अवगुण नहीं खोजते—इससे अपना ही व्यक्तित्व शिथिल होता है—समझी ?'' एक साँस में वे कह गईं। मुझे काटो तो रक्त नहीं...मैं क्षणभर के लिए किंकर्तव्यविमूढ़ हो उनके चेहरे की ओर ताकती रह गई...अपने आँसुओं के तूफान को रोक कैसे भागकर ऊपर पहुँची, मुझे नहीं मालूम...अपने कमरे में पहुँच मैं फफक-फफक कर रो पड़ी और सारा दिन आँसुओं ने मेरा पीछा न छोड़ा।

माँ पूछ-पूछ कर हैरान-परेशान हो गई तो पेट में असह्य पीड़ा का बहाना कर मैं लेटी रही...दिन भर कुछ गले के नीचे नहीं उतर सका—शाम को माँ ज़बरदस्ती चाय पिलाने की कोशिश करने लगीं तो पाया कि मेरा शरीर तेज ज्वर से तप रहा है...दवा-दारू की गई...किंतु अंतर में जो तूफान उमड़-घुमड़ रहा था...उसकी क्या दवा थी ? घरभर में इसकी खबर भी किसी को न हो पाई।

दूसरे दिन भी स्वयं को बिस्तर से उठ पाने में भी अशक्त अनुभव कर रही थी मैं। माँ ने जितना जबरदस्ती खिला दिया, नामभर को खा लिया मैंने और लेटी रही...रह-रहकर आँखें आँसुओं से भर आती थीं।

नौ-साढ़े नौ बजे घर के पुरुष काम पर चले गए तो बड़ी भाभी की आवाज

सुनाई दी—"बड़ी माँजी, पाय लागी;"

"सुखी रहो बहू।" माँ का ममत्वपूर्ण उत्तर था...मेरे कान तो नीचे की ओर ही लगे थे—बड़ी भाभी ने फिर पूछा—"शीला नहीं दिख रही बड़ी माँजी—कहीं गई है क्या ?"

"नहीं, नहीं, उसे तो कल शाम से तेज़ ज्वर है।" माँ का जवाब था।

"क्या...ज्वर है ?" बड़ी भाभी का अत्यंत चिंतित स्वर सुनाई दिया।

"तो हमें बताया क्यों नहीं...हम अभी आते हैं।"

"चिंता न करो बहू, अभी तो वह सो रही है, जागने पर आवाज दे दूँगी।"

"हम भी सोचें, सुबह से बिटिया की सूरत ही नहीं दिखाई दी। उससे कहो अगले माह उसकी शादी है...तब तबीयत खराब न करे।" तब तक चाचीजी भी बोल उठीं। मैं सोने का बहाना कर लेटी रही।

"तो बहनजी दोपहर को सत्संग पर नहीं चल पाएँगी आप ?" चाची ने पूछा।

"अब उसे ज्वर में..." माँ अपना वाक्य पूरा भी नहीं कर पाई थीं कि बड़ी भाभी बोल उठीं—"नहीं, बड़ी माँजी, हम हैं न घर पर, आप निश्चिन्त होकर जाइए।"

सत्संग पर जाने से पहले माँ मुझे दवा दे गई, लेटे-लेटे कब आँख लग गई, पता ही न चला।

किसी के कोमल मृदुल हाथ के स्पर्श ने मुझे नींद से चौंका दिया...आँखें खुलीं तो बड़ी भाभी को सामने खड़ा पाया। मैं झटके से उठकर बैठ गई।

"तुम्हारे लिए चाय लाई हूँ।" मेरे करीब बैठते हुए भाभी बोलीं—"बिस्किट लोगी—लो पी लो..." किंतु मैंने इनकार की मुद्रा में सिर हिलाकर कहा, "अभी अच्छा नहीं है।" और सिर झुकाए बैठी रही।

"अब तक नाराज है—हमसे हमारी बहना।" अत्यधिक मधुर वाणी में बड़ी भाभी बोलीं। क्षण भर को अश्रुपूरित नेत्रों से भाभी की ओर देख मैंने आँखें झुका लीं। भाभी ने बड़े प्रेम से ठोढ़ी पकड़कर मेरा मुँह ऊपर उठाया और अत्यंत स्नेह अनुरंजित स्वर में बोलीं—"अब सुनो शीला, मेरी कोई अपनी बहन नहीं, इसलिए मैंने हृदय से तुम्हें सगी बहन से बढ़कर माना है...आज तक किसी से नहीं कहा, तुम्हारे समक्ष बात खुल ही गई है तो बता रही हूँ—ऐसा नहीं है कि मैं इन सारी बातों से अनभिज्ञ हूँ...मैं सब कुछ देखती हूँ। सब कुछ जानती हूँ शीला। स्नेहा की व्यावहारिक कमजोरियों का मुझे पूर्ण ज्ञान है—किंतु यदि मैं इसे नजरअंदाज़ न करूँ, जो घर की सुख-शांति में खलल पड़ेगा। मैं बड़ी हूँ, उस पर घरवालों की अनिच्छा से लाई गई हूँ। और एक बात स्मरण रहे शीला, पूरे परिवार में शांति, प्रेम, सौहार्द बनाए रखने के लिए किसी एक को तो त्याग करना ही पड़ता है। मैं यह भी नहीं कह सकती कि मैं इतनी महान हूँ कि मुझे पीड़ा भी नहीं होती...अब देखो, उस

दिन तौलिए की बात को लेकर मैं भीतर ही भीतर दिन-भर विचलित रही किंतु ये तमाम वेदनाएँ, ये सारी यातनाएँ...पीड़ाएँ, घर की अशांति सहने की पीड़ा से कहीं कम हैं...कहीं कम है शीला।''

एक लंबी साँस ले उन्होंने उमड़ते आँसुओं को मानो पीने का प्रयास किया और बोलीं—''कल भी मैंने तुम्हें नहीं डाँटा था रे... (दबी आवाज़ में) स्वयं अपने आपको फटकारा था, समझाया था। (रुककर) कुछ भी हो शीला, मैंने तुम्हें पीड़ा दी, बहुत दुःख पहुँचाया तुम्हें, तुम्हारे मन को गहरी ठेस पहुँचाई है...तुम्हारी गुनहगार तो हूँ ही (भाभी ने हाथ जोड़े...आँखों से दो मोती की लड़ियाँ बह निकलीं...) इसलिए मुझे माफ कर दो शीला, मुझे माफ कर दो तुम !''

''नहीं-नहीं बड़ी भाभी, ऐसे मत बोलो, भगवान के लिए ऐसे मत बोलो... ।'' कहकर मैं उनके गले से लिपटकर फूट-फूटकर रो दी। भाभी भी मुझे बाँहों में भर फफक उठीं। उन सिसकियों में भी मुझसे यह कहे बिना नहीं रहा गया—''भाभी, तुम बहुत महान हो, सचमुच बहुत महान हो तुम !''

अहसास

"देखा, व्यर्थ ही बेचैन हो रही थीं तुम...दस मिनट पहले ही पहुँचा दिया तुम्हें... ।" सौम्या को उसके दफ्तर की इमारत के समक्ष उतार स्कूटर पर बैठे हुए विशाल ने कहा।

"जी, धन्यवाद महाशय।" सौम्या ने मधुर-मुस्कान बिखरेते हुए छेड़ा। फिर आग्रहपूरित स्वर में बोल उठी—"लेकिन देखो, अकेले में इतनी रफ्तार से मत चलाना।"

"हूँ"...हँसते हुए विशाल ने उत्तर दिया—"तुम्हें याद तो है ना—आज तुम्हें अकेले ही घर जाना है...मैं कुछ विलंब से पहुँचूँगा।" सहज भाव से विशाल ने कहा।

सौम्या ने हाँ की मुद्रा में सिर हिलाया तो 'अच्छा' कह हाथ हिलाते हुए विशाल ने स्कूटर आगे बढ़ा दिया।

सौम्या पलटकर अभी चार-पाँच कदम भी नहीं बढ़ी थी कि विशाल की आवाज़ सुन चौंककर मुड़ी, तो विशाल ने इशारे से बुलाया। सौम्या करीब पहुँची तो एक सफेद लिफाफा जेब से निकालकर सौम्या को थमाते हुए उसने कहा—"इसे ऑफिस की डाक के साथ पोस्ट करवा देना।" सौम्या ने उलट-पलटकर देखा तो लिफाफा दोनों ओर से अलिखित था, "किंतु किस पते पर ?" मुस्कराते हुए उसने पूछा।

"अरे हाँ, भूल ही गया", झेंपते हुए विशाल ने वाक्य पूरा किया—"बाबूजी के नाम घर के पते पर।" तनिक आश्चर्य-मिश्रित दृष्टि डाल...फिर अगले ही पल संयत हो अत्यधिक सहज होने के प्रयास में..."अच्छा ठीक है" कहकर सौम्या दफ्तर की ओर बढ़ी तो मन को बेचैनी एवं विह्वलता के कुहासे ने ढक लिया था। उनके दस वर्ष के वैवाहिक-जीवन में यह प्रथम अवसर था कि विशाल ने पत्र लिख बिना उसे पढ़ाए बंद कर दिया। वरना उन दोनों में से जो भी पहले लिखता दूसरे को थमा देता कि अब इसी में तुम भी लिख डालो। बड़ा ही सुखद संबंध था...पति-पत्नी दोनों में... । कहीं कोई मिथ्या अहम नहीं, कहीं कोई ग्रंथि नहीं... दोनों के लिए एक-दूसरे की इच्छा, अभिलाषा, आकांक्षा ही सर्वोपरि हो जाती है—दोनों एक-दूसरे के लिए ही जीते हैं मानो। इसलिए उन्हें देखकर अक्सर लोगों को यह भ्रांति हो

जाती है कि दोनों प्रेमी-प्रेमिका हैं। अपने संपूर्ण घेरे, अपने समस्त परिचितों के लिए वे आदर्श बन जाते थे...प्रेरणा का स्रोत बन जाते थे। कभी-कभी...किसी-किसी के लिए ईर्ष्या का कारण भी !

सौम्या को चिंता इस बात की नहीं थी कि विशाल ने उसे पत्र नहीं पढ़ाया बल्कि संपूर्ण विकलता, विभ्रांति इस बात को लेकर थी कि पत्र में क्या लिखा होगा ?...विशाल बहुत परेशान है—कल रात से...।

निश्चित समय पर जब कर्मचारी डाक की चिट्ठियाँ लेने के लिए आया तो उसने सायास वह लिफाफा रख लिया। भोजनावकाश के समय जब सब चले गए तो दफ्तर के एकांत से उसे राहत मिली...लिफाफा निकालकर उसने अपने सामने मेज पर रख लिया। कुहनियाँ मेज़ पर टिका...दोनों हाथ गालों के दोनों ओर रख, वह गहन विचारों में खो गई...मस्तिष्क बेतहाशा कल रात की घटनाओं में विचरने लगा...।

सब कुछ कितना सहज चल रहा था—रात के उस फोन के आने से पहले तक ! विशाल किसी पत्रिका में निमग्न था और सौम्य रसोईघर में काम समेटने में व्यस्त ! फोन की घंटी बजी—विशाल ने उठाया—कलकत्ता से बाबूजी का फोन था ! विशाल के इधर-उधर के बहाने करने एवं व्यस्तता के कारण बात टाल-मटोल करने पर यह स्पष्ट हो गया कि बाबूजी पत्र न लिखने की एवं फोन पर भी खबर न देने की गंभीर शिकायत कर रहे थे...किंतु फोन रखने के पश्चात विशाल अत्यंत अवसन्न...चिंतित...क्लांत...विमूढ़-सा रहा। विशाल का आलोकविहीन...तेजहीन... बुझा सा चेहरा देख सौम्या सब कुछ समझ चुकी थी। उसकी पीड़ा की गहराई समझने के बावजूद उसे उकसाने की अनिच्छावश वह यहाँ-वहाँ की बातें करती रही। विशाल उखड़ा-उखड़ा ही रहा कभी सरदर्द का बहाना कर चुप रहा तो कभी झूठे ही पत्रिका में मग्न होने का ढोंग करता रहा। उसके बहुतेरे इनकार करने के बावजूद सौम्या ने उसका सर दबाया...सर पर तेल की मालिश की किंतु विशाल तो अपने ही जगत में खोया रहा...।

आधी रात में अचानक आँख खुलने पर विशाल को बिस्तर पर न पाकर सौम्या का हृदय धक से रह गया। पल भर के लिए उसकी घबराहट की सीमा न रही... ! उठकर दूसरे कमरे में झाँका तो पढ़ने की मेज़ पर बत्ती जलाए विशाल को कुछ लिखने में व्यस्त पाया। मन की बेचैनी को विशाल डायरी के पन्नों पर उतारने का उपक्रम कर रहा है...यह सोच सौम्या चुपचाप आकर सो गई...और सुबह उठने पर जब विशाल को गत-रात्रि के तनाव से मुक्त पाया तो कोई चर्चा न करना ही उचित समझ वह मौन रही।

अब समझ पा रही है सौम्या कि रात इसी पत्र के माध्यम से तनाव-रहित होने का प्रयास कर रहे थे विशाल...अत्यधिक बोझिल मन से सौम्या ने लिफाफा

खोलकर पत्र पढ़ना प्रारंभ किया...

पूजनीय बाऊजी एवं माँजी,

सादर चरण-वंदना,

आज फोन पर आप बहुत नाराज़ प्रतीत हुए...आपने शिकायत की कि हम पत्र क्यों नहीं लिखते, फोन क्यों नहीं करते ? मैं समझ नहीं पा रहा था कि फोन पर आपको क्या प्रत्युत्तर दूँ...किंतु अब उत्तर देने का निश्चित निर्णय कर यह पत्र लिखने बैठा हूँ....समझ नहीं पा रहा हूँ कहाँ से आरंभ करूँ...?

सच तो यह है कि इस बार हम दोनों बहुत टूटे हैं—आप सबके व्यवहार से...सौम्या कुछ कहती नहीं शिकायत भी नहीं करती, किंतु भीतर ही भीतर घुटे जा रही है...इस बार वहाँ से लौटने के पश्चात् मैंने उसे अत्यंत विचलित पाया है, वरना वह तो स्वभावतः अत्यधिक सहनशीला है...पर इस बार जबसे लौटी है, बुझ-सी गई है...बहुत बार मैंने उसे रातों को चुपचाप रोते देखा है...पूछे जाने पर अपने स्वर्गवासी पिता की स्मृति का बहाना कर टाल देती है। पर उसकी टूटन मैं तो स्पष्ट देख सकता हूँ ना !

मैं पिछले कुछ समय से आपके व्यवहार के अंतर को स्पष्ट दृष्टिगत कर रहा हूँ, अनुभव कर रहा हूँ...। छोटे की तमाम कमियों, गल्तियों, खामियों के बावजूद आपके व्यवहार की पक्षपातपूर्ण प्रतिक्रियाओं को सुस्पष्ट रूप से परिलक्षित कर भी इसलिए टालता रहता हूँ कि वह छोटा है...मेरा ही भाई है, यों भी सामान्यतः अभिभावकों में अपनी सभी संतानों के प्रति व्यवहार में...प्रेम में...समानता कम ही पाई जाती है—इस तथ्य से भी मैं भली-भाँति परिचित हूँ। किंतु उसके द्वारा हमारा अनुचित अपमान किए जाने पर भी, आपका उसे गलत कहने में संकोच करना—मेरे लिए असह्य हो उठता है। वह स्वभावतः क्रोधी है, आवेशी है, अभिमानी है, इसलिए उसकी बहुत-सी बातों को मैं यों ही नजरअंदाज़ कर जाता हूँ। मैं कुछ कहता नहीं, इसका यह अर्थ कदापि मत लगाइएगा कि मैं ना-समझ हूँ अथवा मुझमें समझने की क्षमता नहीं...घटित होने वाली बातों के प्रति मैं अनभिज्ञ हूँ, अबोध हूँ...उचित-अनुचित से अनजान हूँ...। जी नहीं, मैं संपूर्ण परिस्थितियों, प्रतिक्रियाओं से बखूबी परिचित हूँ...किंतु मेरे सोचने एवं घटित को ग्रहण करने का दृष्टिकोण भिन्न है...जहाँ तक बन पड़े मैं परिवार में...घर में शांति बनाए रखने के पक्ष में हूँ। परंतु यह कहाँ का न्याय है...कि जो गलत है, बुरा है उसे बारंबार यह कहकर टाल दिया जाए कि अब उसकी आदत ऐसी है...उसका स्वभाव ही तल्ख़ है...मिज़ाज़ ही गरम है...तो क्या करें—और ऐसे में जो इंसान सरल है, सही है, उसे उसके स्वभाव की तमाम ज़्यादतियाँ-अतियाँ सहने को बाध्य किया जाए !

छोटे की स्वभावगत कमजोरियाँ तो मैं प्रारंभ से सहता रहा हूँ...इसलिए आज

भी और भविष्य में भी सह सकता हूँ—किंतु झूठ...कपट...फरेब मुझसे नहीं सहा जाता (मुझे सह्य नहीं है)। व्यवहार में उसका तमीज़ और तहज़ीब त्यागना, क्रोध में अनुचित शब्दावली एवं वचनावली का प्रयोग करना—वार्तालाप के दौरान समादरपूर्ण व्यवहार न करना—यद्यपि अत्यधिक अनुचित आदतें हैं—फिर भी मैं सब अनदेखा कर जाता हूँ—किंतु हमारे बारे में झूठ बोलना, हम पर मिथ्यारोप लगाना अथवा हमारी गलत आलोचना करना...यह सब कदापि सह्य नहीं मुझे !

उस रात तुम्हारे ही कहने पर मैं उससे, उसकी बाबूजी से दीर्घकालीन नाराज़गी का कारण पूछने गया था—माँ ! मेरे पूछने पर जो कुछ उद्‌गार उसने मेरे समक्ष व्यक्त किए...मैं अचंभे में रह गया—मेरा अंतर चीत्कार उठा कि अपने माता-पिता, अपने जन्मदाता के प्रति हृदय में इतना द्वेष ? तुच्छ-सी बातों को तूल दे-देकर, उसने पहाड़-सा बना, नाराजगियाँ पाल ली हैं...अत्यधिक पीड़ित हो, उसे यथासंभव समझाने का प्रयास किया था मैंने किंतु उसकी वाणी से जो-कुछ आप लोगों के लिए सुना उससे अत्यंत आहत होकर रह गया मैं ! इसी कारणवश सुबह तुम्हारे पूछे जाने पर टाल-मटोल कर गया था मैं, कि तुम पीड़ित न हो जाओ ! तुमको यों ही कहकर टाल दिया—"कुछ नहीं माँ ! बच्चा है—अभी-भी छोटी-छोटी बातों को मन में रखकर मन-मुटाव पाल बैठा है।" और तुमने भी कैसी नादानी की माँ ! कि उससे जाकर पूछ बैठीं ! तुम्हारे पूछने पर, यह समझकर कि भैया ने रात की तमाम बातों की शिकायत माँ से की है...अपनी कमियों को ढाँपने के लिए मेरी आलोचना में उसने न जाने क्या कुछ कहा...मिथ्यारोपों से तुम्हारे कान भरे, जो बातें मुझे तुम्हारे शिकायत करने पर तुम्हीं से ज्ञात हुईं। आश्चर्यचकित हूँ...परेशान हूँ...कि उसने निर्दोष सौम्या को भी नहीं बख्शा...उसको भी अनगिनत आरोपों से आरोपित कर, अपराधिनी बना, तुम्हारी दृष्टि में गिराने का घृणित कुकृत्य किया। और आपने बिना दूसरे पक्ष की सच्चाई जाने उसकी बातों पर यकीन कर हमें ही दोषारोपित किया ?

वह तुम्हारी बहू जो तुम दोनों को देवी-देवता समान पूजती है...जगत भर में तुम्हारी प्रशंसा के पुल बाँधती फिरती है। किसी ने आज तक जिसकी वाणी से किसी सदस्य के प्रति अनुचित शब्द नहीं सुना होगा...जो अपने देवर-देवरानी से अकारण मिले अपमान के गरल-घूँट को भी हँसकर पी जाती है...उसके प्रति की गई निंदा तुमने सुन ली और उस पर विश्वास भी कर लिया ! औरों की उसे कोई चिंता नहीं...मैं जानता हूँ किंतु यह बात उसे दिन-रात खाये जा रही है कि माँ-बाबूजी ने यह सब कैसे और क्योंकर मान लिया ? वह निर्दोष अपना आत्मविश्वास ही खो बैठी है...कुछ कहने अथवा लिखने में घबराने लगी है, भयभीत रहने लगी है कि कहीं उसकी किसी बात की कोई भयानक गलत अभिव्यक्ति न की जाए...इसलिए वह कई दिनों से चुप है...मौन है...विचलित है !

इस धृष्टता के लिए क्षमा कीजिएगा आप मुझे किंतु क्या मैं पूछ सकता हूँ

कि उसके प्रति प्रवाहित होने वाला सहज-स्नेह-स्रोत क्यों सूख गया ? क्यों उससे सूखे-सूखे, खिंचे-खिंचे से रहते हैं आप लोग ? यही अपराध है ना उसका कि दस वर्षों के वैवाहिक जीवन के पश्चात भी वह आपको संतान नहीं दे पाई...लेकिन इसमें उसका क्या दोष है ? आपके डॉक्टर मित्रों ही ने सारे परीक्षण करके आपको स्पष्ट बताया है कि उसमें कोई कमी नहीं, फिर भी (इस पर भी) यदि वह निःसंतान होने के अभिशाप को निरंतर भोग रही है तो यह भी सोचें ज़रा कि उस पर क्या गुजर रही होगी ? वह फिर भी किसी के सामने कुछ भी ज़ाहिर नहीं होने देती—सदा हँसती रहती है...मुस्कराती रहती है ! क्या पोते उत्पन्न करने वाली बहुएँ अधिक महत्त्वपूर्ण हो जाती हैं...कुछ विशेष हो जाती हैं, जो 'छोटी' को प्रधान मान आप (सौम्या को) बारंबार प्रत्यक्षाप्रत्यक्ष रूप से अपमानित कर आहत करते हैं, वह निरपराधिनी अनकिए अपराध के दोष एवं बोझ को ढो रही है। अकारण ही उसे पीड़ा देने का कोई न कोई कारण आप खोज लेते हैं। घर की शेष बुजुर्ग औरतें भी इसे आहत करने से पीछे नहीं रहतीं।

और माँ मैं तुमसे उत्तरापेक्षी हूँ...तुम तो इतनी महान हो...देवी-स्वरूपा हो...क्यों तुम्हारे व्यक्तित्व में शनैः-शनैः यह परिवर्तन आता जा रहा है। क्यों तुम्हारी सहज महानता, उच्चता, भव्यता सामान्यता का रूप लेती जा रही है। आर्थिक उपलब्धियों एवं उत्तरदायित्वों की मुक्ति से मिली उन्मुक्तता का परिणाम तो नहीं यह ?

अंतिम परिच्छेद तक पहुँचते-पहुँचते सौम्या फूट-फूटकर रो पड़ी...परिवेश एवं स्थान का विचार कर शीघ्र ही उसने स्वयं को संभाला...बहुत राहत मिली यह देखकर कि उसके आस-पास कोई नहीं था। पत्र को अपने बैग में रखकर वह मुँह धोने चली गई...चाय पीकर कुछ सहज हुई थी कि खाने का समय समाप्त होने के कारण लोगों का आना प्रारंभ हो गया। वह भी स्वयं को काम में उलझाने का प्रयास करने लगी...किंतु मानस...मस्तिष्क...बेसाख्ता, बेलगाम घोड़े की तरह दिशाहीन भागता रहा। वह सोचती रही...''ऐसे क्यों'' हुआ, विशाल तो परम संयमी है...तो ऐसे अधीर कैसे हो उठे...क्या सचमुच वे बहुत आहत हुए हैं ?...बहुत प्रताड़ित हुए हैं...? अथवा निरंतर सह-सहकर...भीतर बहुत भर जाने के कारण मन की भूमि में यह विस्फोट हुआ और प्रतिक्रिया-स्वरूप आक्रोश का लावा फूट पड़ा...?

घर लौटने पर भी... बाह्य रूप से सब कुछ सहज-स्वाभाविक रूप से निभाने के प्रयास के बावजूद दोनों पर्याप्त असहज बने रहे।

'पत्र पोस्ट हो गया ?' विशाल के पूछे जाने पर सौम्या ने काम में व्यस्त होने का बहाना करते हुए संक्षिप्त-सा उत्तर दिया—''ऊँ...हूँ... भूल गई—बैग ही में पड़ा रह गया।'' विशाल द्वारा कोई प्रतिक्रिया न किए जाने पर सौम्या ने उसके चेहरे के भाव पढ़ने के प्रयास में उसे अत्यधिक निर्विकार पाया...न क्रोध...न शिकायत न उत्तेजना...न खीज... ! सौम्या अपने कामों में व्यस्त हो गई।

सारे काम निपटाकर...वह पलंग पर पत्रिका में खोए हुए विशाल के करीब जाकर बैठ गई। कुछ पलों के मौन के उपरांत वातावरण की चुप्पी को तोड़ते हुए, कुछ दबी आवाज़ में सौम्या ने पूछा—"नाराज हो ?"

"ऊँ...हूँ..." सहज दृष्टि डाल विशाल ने उत्तर दिया।

सौम्या अपराध-भाव छिपा नहीं पा रही थी—"आज मैंने तुमसे झूठ कहा...मैंने जान-बूझकर ही पत्र पोस्ट नहीं किया...पढ़ लिया था मैंने...मैं...मैं नहीं चाहती विशाल, कि तुम वो पत्र वहाँ भेजो (फिर कुछ सहज हो अत्यधिक मधुर भाव से) ...जरा सोचो तो, हम भी इस स्तर पर उतर इस प्रकार की शिकायतें करने लगेंगे--तो औरों में और हममें क्या अंतर रह जाएगा भला ? हम ऐसा कर...खुश भी नहीं रह सकते...हम उस मिट्टी के बने ही नहीं हैं विशाल।"

"तुम शायद ठीक कहती हो।" बड़े शांत...संयम...गंभीर भाव से विशाल ने कहा..."तुम्हें थमा तो दिया पत्र...पर दिन भर बहुत परेशान रहा...सच पूछो तो निरंतर यही मनाता रहा कि तुम उसे पोस्ट न करवा दो कहीं...बड़ा दुविधाग्रस्त रहा...तुम्हें कहने का साहस भी नहीं जुटा पा रहा था...क्षणिक आवेश का उबाल था सब...जो गुबार बन निकल गया... ।" रुक-रुककर विशाल ने जोड़ा।

सौम्या ने लिफाफा उसकी ओर बढ़ाते हुए दबी-सी, भर्राई-सी आवाज़ में कहा—"तो फाड़ दो इसे।" एक पल को सौम्या की आँखों में गहरी दृष्टि डाल दूसरे ही पल विशाल ने पत्र के कई टुकड़े कर दिए...देखते ही देखते सौम्या की आँखें छलछला आईं...पलटकर विशाल ने मुस्कराने का प्रयास करते हुए पूछा..."बस...?? ख़ुश...??" तो सौम्या उससे लिपट फूट-फूट कर रो दी—विशाल का स्नेहपूर्ण हाथ उसके सिर को सहलाता रहा।

उसकी अपनी

''नाम ?...''

''क्या करती हो ?''

''बैंक में ऑफिसर हूँ।''

''शिकायत क्या है ?''

मौन..............................

आँखें उठाकर उसने भरपूर दृष्टि से देखा, जिसके किसी विशेष भाव को पढ़ पाना कठिन था...किंतु कुछ मिश्रित भाव, एक व्यापक सूनापन लिये हुए तिर गए।

...क्षण भर बाद आँखें झुकाकर फिर मौन। किंतु संग आई हुई कुछ 25-26 साल के करीब की लड़की उसके मौन को तोड़ते हुए बोल उठी–

''असल में क्या है डॉक्टर, ये है ना......

बीच में टोकते हुए वह बोल पड़ी–''प्लीज़। तू चुप रह।''

उसको बीच में चुप कराते हुए फिर वह लड़की बोल पड़ी–''डॉक्टर, आप इसे ठीक कर दीजिए, ये जो मीरा है ना, यह किसी की सुनती नहीं, ऐसे ही एक न एक दिन इसे कुछ हो जाएगा।'' वह बोले जा रही थी। ''डॉक्टर, यह कुछ खाती नहीं। पीती नहीं, किसी से बात नहीं करती। किसी से मन का बोझ नहीं बाँटती। ऐसे तो पागल हो जाएगी ना यह ? डॉक्टर, इसे समझाइए ना।''

इस बीच मैंने फिर एक बार बड़ी गहनता से इस मरीज़ की ओर देखा। इस बार सूनी आँखें छलछलाने से कुछ गुलाबी हो गई थीं। क्षणभर को मुझसे दृष्टि मिली और बाल ठीक करने के अंदाज़ में उसने मुँह फेर लिया।

''लेकिन जब तक मुझे ये कुछ बताएगी नहीं, जब तक इसकी सारी कहानी नहीं ज्ञात होगी तब तक कैसे कुछ किया जा सकता हैं, कुछ बोलो तो ?''... उसकी ओर मुखातिब हो मैंने कहा।

पहला शब्द उसके मुँह से फूटा–''कुछ नहीं।''

जिसे सुनते ही साथ आई लड़की फिर बिफर उठी–''डॉक्टर, अब यह कितना

ही मना करे, मैं अब सब कुछ बताऊँगी और आप भी इससे सब कुछ पूछिए।'' वह बिना साँस लिए बोलती चली गई।

''इसके घर तो इसकी सौतेली माँ और बहनें हैं। दुनिया में एक ही इसकी सहेली थी। वह भी ऐसी पलटी, ऐसी बदली, कि इसको छोड़कर चल दी। वज़ह, कारण कुछ भी नहीं। और इस पगली ने दुनिया का सारा प्यार उसी पर तो उड़ेल दिया था कि उससे मिली चोट यह सहन नहीं कर पाई। तब से हँसना-खेलना, खाना-पीना सब भूल गई है। लोग कहते हैं, ऐसा रहा तो यह पागल हो जाएगी।''

मैंने भरपूर दृष्टि से उसे एक बार देखा तो छलछलाई आँखों से टप-टप आँसू गालों का सफर कर रहे थे। दृष्टि मिलते ही मुँह फेरकर उसने रूमाल से आँखें पोंछ लीं।...और मल्लिका की छलछलाती आँखें मेरी आँखों के सामने नाचने लगीं। पिछली बार जब उससे मिली थी तो इससे भी बदतर हालत में उसे पाया था। उससे भी कहीं गहरे सदमे से गुजरी है वह। बचपन में दादी बताया करती थी कि भगवान इस दुनिया में दो चेहरे एक साथ बनाकर भेजता है दुनिया के किसी न किसी कोने में।

पता नहीं इस तथ्य में कितना सत्य है। दादी ने तर्क की पुष्टि करने के लिए यह बताया था कि इसीलिए तो कभी-कभी किसी को देखकर ऐसा लगता है कि—अरे ! यह तो 'वह' आ गया। अब शक्लें दो एक-सी होती हैं या नहीं यह तो वह बनाने वाला ही जाने। लेकिन क्या तकदीरें भी इतनी मिलती-जुलती होती हैं कभी ?

...वही कहानी, वही हालात, वही सदमे, वही परिणाम,...दिमाग घूम गया मेरा...।

मल्लिका को भी तो...हाँ-हाँ सौतेली माँ और दो भाई-बहनों की कठोरता निर्ममता, निष्ठुरता भोगते हुए...पीड़ा, वेदना, यातना में तिल-तिल झुलसती मल्लिका को जीवन के तपते-जलते मरुस्थल में पल-पल सुलगती मल्लिका को भी तो प्रज्ञा शीतल छाँव की सुखद अनुभूति की भाँति मिली थी। इसलिए तो पीड़ाओं के अंबार में भी वह हँसती रहती, खिलखिलाती रहती।

वास्तव में हमारे जीवन की छोटी-छोटी घटनाएँ, अति-सूक्ष्म प्रतीत होनेवाले घटनाक्रम हमारे मानस और हमारे व्यक्तित्व को उन घटनाओं से कहीं अधिक प्रभावित, परिचालित व प्रेरित करती हैं, जिन घटनाओं को, हम बहुत बड़ी घटना, बहुत बड़ा अनुभव मानते हैं। ये बहुत बड़ा अनुभव व बहुत बड़ी घटना शायद एक बार कोई बहुत बड़ा अनुभव अथवा प्रतिक्रिया देकर बीत जाते हैं। किंतु यह छोटी-छोटी घटनाएँ, यह छोटे-छोटे द्वंद्व, तनाव की प्रक्रियाएँ, हमारे मन-मस्तिष्क को एक अनजानी, अनदेखी, अप्रतीत, विक्षिप्तता एवं मानसिक दबाव से भरते रहते हैं और जब यह तनाव अपनी सहनशक्ति की सीमा को तोड़कर बाहरी रूप से प्रस्फुटित होना चाहते हैं और मानवीय संस्कार, संस्कृति एवं मर्यादाएँ उसे बरबस रोकना चाहती हैं तब मनुष्य का व्यक्तित्व

किसी एक मल्लिका की भाँति विघटित-विच्छिन्न हो जाता है।

मैं मल्लिका और प्रज्ञा को कॉलेज के दिनों से जानती हूँ। वे साहित्य की छात्राएँ थीं और मैं मनोविज्ञान की। साहित्य की छात्राओं से मेरा परिचय काफी गहरा, काफी प्रगाढ़ था—अपनी सहपाठिनी सुलक्षणा की जुड़वा बहन सुलभा के कारण। सुलभा ने भी साहित्य ले रखा था और मल्लिका व प्रज्ञा के बारे में सुलभा से बहुत कुछ जानने को मिलता था। इसलिए मैं उन दोनों को जानती थी, पहचानती थी, बल्कि यह कहना अतिशयोक्ति न होगा कि मैं उनमें जीती भी थी। उनकी दोस्ती, उनके प्यार, परस्पर राग एवं समर्पण पर मुझे गर्व होता था ऐसी प्रगाढ़ प्रेम भावना दोनों में देख अत्यधिक मान तो होता ही था, कभी-कभी दबी-सी ईर्ष्या भी।

प्रज्ञा सदा मल्लिका के साथ ही रहती थी उसकी कोई अन्य बहुत करीब, अपनी सहेली, मैंने नहीं देखी। किंतु मल्लिका उसके व्यक्तित्व में तो ऐसा चमत्कारपूर्ण मोहाकर्षण था कि उससे मिलकर पलभर में इंसान स्वयं को उससे अभिन्न अनुभव करता था। मुझे याद आता है उसकी कृपादृष्टि के लिए लोग तरसते रहते थे, तो उसकी दोस्ती के लिए लालायित। वह प्रत्येक से प्रसन्नचित्त मुद्रा में मिलती तो थी परंतु अपना मन अपना अंतर कभी किसी के समक्ष नहीं खोलती। यों वह हँसती-मुस्कराती-खिलखिलाती नज़र आती थी किंतु मेरी दृष्टि से उसकी निर्मल, मोहक़, चित्ताकर्षक हँसी के पीछे दबा अवसाद छिपा न रह सका। मल्लिका के अप्रतिम व्यक्तित्व से प्रभावित मेरी जिज्ञासु चित्तवृत्ति ने इसका कारण भी जान ही लिया। मुझे ज्ञात हुआ कि वह मातृहीना है—सौतेली माँ और दो सौतेले भाई-बहनों के संग जीनेवाली मल्लिका के विषाद का कारण खोज पाना अब कठिन नहीं था।

यूनिवर्सिटी छोड़ने के उपरांत मेरा फिर मल्लिका से मिलना न हो सका। पुराने मित्र जब मिलते तो यहाँ-वहाँ की बातें करते-कराते, कुछ परिचितों की बातें भी अवश्य हो जातीं। मुझे स्मरण है जब कभी मल्लिका का जिक्र चला, पता चला कि वह बहुत बदल गई है, बुझ-सी गई है। कहीं आती-जाती नहीं। किसी से मिलती-जुलती नहीं। हँसना-खिलखिलाना भी भूल चुकी है। मेरी समझ में नहीं आ पाया कि इतना अच्छा 'पति' होते हुए भी मल्लिका निराश क्यों है ? क्यों अवसाद के गहन गर्द में डूबी हुई है। क्यों चुप-चुप हो गई है—मैं अत्यधिक व्यग्र हो उठी थी...उसके प्रति एक सहज मोहाकर्षण तो था ही किंतु इसे मैं अपना दुर्भाग्य कहूँ या होनी की विकटता कि मैं तब भी मल्लिका से मिल न पाई।

यूनिवर्सिटी छोड़ने के बाद मनोविशेषज्ञ का कोर्स करने मैं बैंगलोर चली गई और कोर्स पूरा करके यहाँ अपनी क्लीनिक में व्यस्त हो गई। यह तो उस रोज़ अचानक टैक्सियों की हड़ताल कारण न बनती और मैं विवेक से न मिलती तो कदाचित् मल्लिका को इतने करीब से देखने और समझने का अवसर न मिल पाता।

उस दिन विवेक जबरदस्ती मुझे अपने घर ले गया। यूनिवर्सिटी के दिनों में

विवेक से मैं बहुत बार मिल चुकी थी। वह मल्लिका का मंगेतर था और अक्सर उससे मिलने आया करता था। बहुत ही निश्छल, सहज व सरल व्यक्तित्व का धनी विवेक अत्यधिक आत्मीयता से मिलता था। घर पहुँचकर जब मल्लिका को सामने देखा तो सचमुच सुखद आश्चर्य भी हुआ उसका सौंदर्य कुछ और निखर आया था। किंतु बहुत गौर करने पर मुझसे वह सुनी हुई सच्चाई भी छिप न सकी कि वह सचमुच चुप-चुप रहने लगी है। उसकी खिलखिलाहट भी लुप्त हो गई है...उसकी चिरपरिचित मुस्कान के पीछे का अवसाद कुछ और घना-सा प्रतीत हुआ मुझे।

...विवेक जब मुझे बाहर छोड़ने आया तो अनायास पूछ ही तो लिया मैंने—मल्लिका के अवसाद का सबब—"अब तो सौतेली माँ, भाई-बहन सब दूर हैं, तुम्हारे जैसा पति है फिर...अब....क्यों... ?"

विवेक ने कुछ गंभीर होकर कहा था—"प्रज्ञा है इसका कारण...।"

एक बिजली-सी कौंध गई थी मेरे संपूर्ण शरीर में। मैं सकते में आ गई। प्रज्ञा... ?... और मल्लिका के विषाद का कारण। मेरी समझ में सचमुच कुछ नहीं आया। विवेक से सविस्तार जानने की इच्छा व्यक्त करते हुए, मैंने उसे अपनी क्लीनिक में मिलने का विनम्र आग्रह किया। प्रतीक्षा का संयम मुझमें नहीं था इसलिए अगले ही दिन उसे मैंने बुला लिया।

विवेक ने निश्चित समय पर क्लीनिक में पहुँचकर एक बड़ा-सा बंडल मेरे सामने रख दिया।

"ये क्या है ?" कुतूहलपूर्ण भाव से मैंने पूछा।

"मल्लिका की डायरियाँ हैं, पिछले पाँच वर्षों कीं।" बहुत देर मौन रहकर वह फिर बोला—"आप तो जानती हैं, मल्लिका अपने मुँह से प्रज्ञा की शिकायत नहीं करेगी, इसलिए मैं चाहता हूँ कि आप इन डायरियों को पढ़कर उसकी मनःस्थिति का सही अनुमान लगा उसकी पीड़ा को समझ पाएँ, ताकि उसका इलाज हो सके। वह 'सबकुछ' इन डायरियों में लिखती रही है। मुझसे उसने कभी कुछ नहीं छिपाया, इसलिए डायरियाँ भी मैंने पढ़ लीं। मेरे प्यार ने उसे टूटने से, खत्म होने से तो बचा लिया। किंतु बुझने से मैं न बचा सका। वही बहुत अवसन्न, छिन्न-भिन्न-सी हो गई है। आप उसके लिए कुछ कीजिए प्लीज़।"

वह अत्यधिक संतप्त हो उठा—"मल्लिका को इन डायरियों के विषय में मालूम है ?...मेरा मतलब है कि आप यहाँ...।"

"जी-हाँ ! वह मेरी किसी भी बात को टालती नहीं कभी। मैंने उससे आग्रह किया कि मैं आपको सब कुछ बताकर निदान पूछना चाहता हूँ तो अच्छा न लगने के बावजूद उसने मुझे रोका नहीं, टोका नहीं।"

उसी रात काम से मुक्त हो मेज पर मैंने पुलिंदा खोल एक-एक कर डायरियाँ पढ़नी शुरू कीं। मैं निरंतर, अविराम बिना एक पल विश्राम किए बस पढ़ती ही रही।

मैं तो समझती थी कि मल्लिका और प्रज्ञा की दास्ती को मैं भली-भाँति समझती थी। किंतु डायरियाँ पढ़ने के बाद अपनी नासमझी का अहसास ही नहीं हुआ अपितु ऐसे-ऐसे रहस्योद्घाटन हुए कि आश्चर्य की परतें एक-एक कर खुलती रहीं...दुःख, पीड़ा, वेदना, निराशा, कुढ़न-चिढ़न एवं क्रोध के तमाम भाव मनोमस्तिष्क में घूमते रहे...टकराते रहे और एक गहरी संवेदना सहानुभूति के उद्वेग के साथ-साथ मल्लिका के प्रति ढेर सारा प्यार उमड़ने लगा। मल्लिका की डायरियों में सचमुच उसकी व्यथा-कथा से मेरा साक्षात्कार हुआ। मैं स्पष्ट समझ पा रही थी कि सौतेले भाई-बहन एवं माता-पिता के व्यवहार से आहत उसका सुकोमल हृदय प्रज्ञा से मिले इतने गहरे आघात नहीं सह पाया होगा। इतनी सरल, सहज, निष्कपट मल्लिका, प्रज्ञा की हृदयहीनता के, कठोर एवं निर्ममता के वार भला कैसे झेल पाती।

प्रज्ञा—जिसे मैं मल्लिका से अभिन्न मानती हूँ वास्तव में केवल उसके दुखों की संगिनी रही। दुखों का साथी होना यूँ तो बड़ी बात है किंतु प्रज्ञा उस तरह से नहीं जुड़ी थी मल्लिका के दुखों से। अजीबोगरीब मानसिकता से परिचालित होते थे उसके कर्म... । बाल्यावस्था से लेकर विवाहपर्यंत अत्यधिक संपन्न एवं प्रसन्न परिवेश में पली-बढ़ी प्रज्ञा ने दुख, कष्ट, पीड़ा का लेशमात्र भी अनुभव उस काल तक नहीं किया था और दूसरी ओर बाल्यावस्था से युवावस्था तक के मरू जीवन में क्षण-भर को भी भ्रामक सुख देने के लिए मृग-मरीचिका के समान भी कभी कोई सुख नहीं आया, मल्लिका के जीवन में। तब तक प्रज्ञा भरपूर उसके साथ थी उसके प्रत्येक दुख में, पीड़ा में, अश्रु में, संवेद में। किंतु जहाँ उसके जीवन में सुखामृत की मधुर बौछार प्रारंभ हुई, वहीं से आहिस्ता-आहिस्ता वह उससे दूर होती गई। दुर्भाग्यवश दूसरी ओर बाल्यावस्था से विवाहपर्यंत अत्यधिक संपन्नता एवं समृद्धि में जीनेवाली प्रज्ञा को वर और घर दोनों ही बहुत ऊँचे और अच्छे नहीं मिल पाए।

आज प्रज्ञा की रूक्षता से पूर्णतः टूटी हुई मल्लिका यह समझ पाती है कि जिसे वह प्रज्ञा का भरपूर प्रेम, स्नेह, उदारता, समर्पण समझकर स्वयं को उसके प्रति कृत-कृत्य मानती रही, वह उसका प्रेम अथवा स्नेह नहीं था, दया थी। उदारता नहीं थी, कृपा थी। समर्पण नहीं था, अहम्-पोषण था। वास्तव में वह उससे प्रेम नहीं करती थी बल्कि उस पर तरस खाती थी और स्पष्ट कहें तो वह स्वयं अहं की संतुष्टि पाती थी कि मैं इतनी सुखी-संपन्न हूँ। वस्तुतः उसे मल्लिका से नहीं मल्लिका के दुखों से प्रेम था। मल्लिका के सुख के दिन आए तो प्रज्ञा का प्रेम उत्तरोत्तर कम होता गया। और वह पगली विवाहोपरांत के अपने जीवन में मिले सुखों का समुचित उपभोग भी नहीं कर पाती थी—तो केवल प्रज्ञा के दुखों की वेदना में जलने के कारण। अनन्य प्रेम करने वाले पति के साथ भी दुख में डूबी रहती थी तो केवल प्रज्ञा के विवाहोपरांत जीवन की उलझनों से अवसन्न होने के कारण।

ज्यों-ज्यों काल बीतता गया, प्रज्ञा की उपेक्षा, उसकी अवहेलना, उसके व्यवहार

की रूक्षता, उसका अनादर एवं अपमान करना आदि ही मल्लिका की पीड़ा का कारण नहीं बने अपितु कुंठावश प्रज्ञा के व्यवहार में उपजी नकारात्मक प्रवृत्तियाँ और उसकी मानसिकता में पनपी ध्वंसात्मक वृत्तियाँ भी मल्लिका की टूटन का कारण बनीं...।

नितांत निस्तब्ध रात्रि के गहन अंधकार में खुली आँखों से छत को ताकनेवाली मल्लिका देर तक द्वंद्व में उलझी रहती किंतु जो कुछ वह प्रज्ञा से भोग रही थी, सह रही थी, उसका कारण फिर भी उसकी समझ से बाहर था...क्योंकि प्रज्ञा इतनी बदलती जा रही है ? क्यों वह इतनी रूखी होती जा रही है ? क्यों उसके व्यवहार में अब वह प्रेम, वह उष्मा, वह आत्मीयता नहीं ?...क्यों ?....क्यों ?...क्यों ? इसी कशमकश में डूबी मल्लिका अनुत्तरित प्रश्नों के जाल में भटकती रहती, उलझती रहती, तड़पती रहती। डायरी पढ़ते हुए जब यह प्रश्न मेरे सामने खड़े होते तो आदतन मैं उन्हें मनोवैज्ञानिक मोड़ देते हुए उसका अध्ययन, विश्लेषण, अनुशीलन करने लगती... !

मेरी यह मान्यता है कि मल्लिका का अनिंद्य, अपूर्व, सात्विक सौंदर्य भी उसका बहुत बड़ा शत्रु था और उस पर सोने पे सुहागा उसकी विलक्षण, अद्वितीय, बुद्धिमत्ता व विद्वत्ता थी तथापि सुहागे पे सुहागा थी—उसके व्यवहार की कोमलता, निष्कपटता, निश्छलता व निर्वैरता। इस दृष्टि से उस लौकिक जगत के लिए वह अलौकिक एवं अनुपम कृति थी तो अतिलौकिक व्यक्ति के लिए उसका व्यक्तित्व ईर्ष्या मात्सर्य, जलन एवं कुंठा का विषय कैसे न बनता और भोली-भाली मल्लिका अपने अनगिनत गुणों से अनजान अपनी सहजता, सरलता के कारणवश प्रज्ञा के व्यक्तित्व में पनपी कुंठाओं एवं ईर्ष्या से सर्वथा अनभिज्ञ थी। यह भी निश्चित है कि मल्लिका को कहीं किसी मोड़ पर इसका आभास हुआ भी होगा तो उसने अपने निर्मल-पावन हृदय में इस विचार के आने पर रोक लगा दी होगी, क्योंकि अपनी उस ऊँचाई की परिसीमा से स्वयं को किंचित भी नीचे ले जाना उसके उच्चादर्श युक्त व्यक्तित्व के लिए असंभव था। कदाचित् यही कारण था कि उसकी पीड़ा कई गुना व्यापक रूप धारण कर उसे निरंतर भेदती, जलाती, तड़पाती, सताती, कसमसाती रही। उसकी डायरियाँ भी इस सत्य के उल्लेख से अछूती नहीं थीं। जितनी गहरी मल्लिका की सहनशक्ति थी उतनी ही गहरी चोट भी तो होगी। मैं उस संयम, धैर्य व सहनशीलता की मूर्ति—मल्लिका की चोट की गहनता, गहराई का अनुमान लगाने में इसलिए कोई भूल न कर सकी।

मैंने सुना था कि मल्लिका ने एक नया शौक पाल लिया है—संगीत का। तब मुझे आश्चर्य हुआ था किंतु अब डायरियाँ पढ़कर सहज सुखानुभूति का अनुभव हुआ कि उसके मस्तिष्क के तनावग्रस्त-स्नायु संगीत की व्यापक विराटता एवं मधुरता में कुछ मुक्ति पाते हैं, कुछ संतुष्टि पाते हैं, कुछ राहत पाते हैं। मैं समझ पा रही हूँ

कि संगीत उसके लिए उपचार हो गया। वह अपने स्तर से नीचे उतरकर कुछ स्वीकार कर ही नहीं सकती थी, इसलिए उसने उपचार भी ऊँचे स्तर का खोजा।

डायरियों की व्यथा-कथा को विस्तार से कहने में तो युग बीत जाएगा। किंतु कुछ बातें जो मेरे मानस में उथल-पुथल मचा गईं, भला मल्लिका ने कैसे सही होंगी ? प्रज्ञा ने कैसे-कैसे उसे आहत किया...और कितने निर्दय, निर्मम एवं निसंकोच भाव से उसके कोमलतम, भावात्मक पक्षों पर तेज-पैना वार कर उसे बींधा होगा...।

सौतेली माँ तथा सौतेले भाई-बहनों के रहते उसे प्रज्ञा के साथ रहने के लिए बहुत बहाने बनाने पड़ते होंगे...कुछ झूठ भी बोलने पड़ते होंगे, जिसका हमराज़ वह प्रज्ञा को बनाती ही थी। निश्चित रूप से प्रज्ञा इस तथ्य से भी अनभिज्ञ नहीं थी कि बहाने बनाना, झूठ बोलना, मल्लिका के सच्चे, नेक, उदार व्यक्तित्व को अत्यधिक खटकता था किंतु वह वैसा करने को विवश भी थी...। एक साफ झूठ के पकड़े जाने पर जब वह अत्यधिक आत्मीयता से एवं अपनेपन के अधिकार से नेहभरी शिकायत से प्रज्ञा से पूछ बैठी—"मुझे बहुत दुःख हुआ...तुझे मुझसे भला झूठ बोलने की क्या आवश्यकता थी ?" तो बजाय लज्जा से गढ़ जाने के अत्यंत निसंकोच-भाव से प्रज्ञा ने जवाब दिया था—"मुझे तुम्हारी तरह झूठ बोलने की आदत नहीं है और एक बात कान खोलकर सुन लो कि यदि मैं झूठ बोलती भी हूँ तो वह भी तुम्हीं ने मुझे सिखाया है...तुम्हीं से झूठ बोलना सीखा है मैंने...। समझीं ?"

और इस छोटी-सी घटना के बाद मल्लिका के आँसू कितने ही दिन नहीं थमे। कितनी ही रातें रोते-कलपते बिता दीं उसने।

मल्लिका की पीड़ा की तह तक पहुँचना मुश्किल नहीं था। दुखद आश्चर्य तो इस बात का हुआ कि मल्लिका की सबसे बड़ी हमराज़ होने के कारण प्रज्ञा भली-भाँति जानती थी कि उसे किस तरह की बातें चुभ जाती हैं, तो—सौतेली माँ और भाई-बहनों के जिस प्रकार के व्यवहार एवं प्रतिक्रिया से मल्लिका को सर्वाधिक पीड़ा पहुँचती थी वैसा ही व्यवहार दिखाकर प्रज्ञा ने उसकी आत्मा को आहत किया। इतना ही नहीं, उसकी पराकाष्ठा तो यह थी कि वह उसकी माँ और बहनों से मिलकर मल्लिका की आलोचना करने से भी नहीं चूकी...।

कालांतर में माँ अकेली रह गई थी। उसकी एकमात्र अपनी पुत्री विवाहोपरांत विदेश चली गई और बेटा विजातीय लड़की से विवाह कर अपनी माँ को अकेला छोड़ गया। पति तो वर्षों पहले ही उसे छोड़ गए थे। मल्लिका से सौतेली माँ का अकेलापन और दुःख भी नहीं देखा जाता था, उसका मन दर्द से भीग-भीग जाता। वह माँ जिसने उम्रभर उसे पीड़ा-वेदना, आक्षेप, कटाक्ष व संताप के सिवा कुछ नहीं दिया था, उसी के लिए वह प्रज्ञा को मनाती थी कि वह कुछ समय माँ के पास चली जाया करे। बहुत आग्रह के बावजूद प्रज्ञा तब कभी माँ का समय बाँटने नहीं गई किंतु मल्लिका को तड़पाने-सताने की इच्छा से अब वह रोज माँ के पास पहुँचकर

उसकी निंदा करने का, उसे नीचा दिखाने का सुख लेने लगी ये सब पढ़कर मेरा रोम-रोम काँप उठता है तो मल्लिका पर क्या गुजरी होगी ?

सब कुछ जान लेने के उपरांत मैं एक अनजाने अनकहे भय में तो उलझी थी ही कि मल्लिका की सहनशक्ति का कवच जिस दिन जरा-सा भी उखड़ गया, तो उस दिन मैं उसे कैसे संभालूँगी ? इसी उधेड़बुन में मैं अपनी क्लीनिक में कुछ चिंताग्रस्त तो कुछ किंकर्तव्यविमूढ़ अवस्था में बैठी थी और उस मरीज़ा—मीरा के आने का इंतज़ार कर रही थी। आज उससे मुलाकात का समय निश्चित था कि अचानक मीरा की वह संगिनी जो अक्सर उसके साथ आती थी, मेरे केबिन में प्रविष्ट हुई। उस पर नज़र पड़ते ही मैं हैरान हो उठी। उसकी अवस्था बहुत ही बिखरी-बिखरी-सी लगी। वह अत्यधिक हताश निराश दिखाई दे रही थी। शायद रो-रोकर आँखें भी सूज चुकी थीं। मैं पलभर को अवाक-सी रह गई। इससे पहले कि संयत हो मैं उसे कुछ पूछूँ, वह एकाएक फूट पड़ी—"वह चली गई डॉक्टर, वह चली गई। इस दुनिया से बहुत दूर चली गई वह।" और वह फूट-फूटकर रो पड़ी। मैंने किसी तरह पानी पिलाकर उसे संभाला और शांत कर उसे सब कुछ बतलाने को कहा।

उसी से मुझे ज्ञात हुआ कि पिछली ही रात किसी समारोह में, जिसमें वह भी उपस्थित थी—मीरा की अपनी उसी सहेली के साथ मुलाकात हो गई। वह नहीं जानती कि बातचीत शुरू कहाँ से हुई। किंतु जब बहुत देर तक मीरा आस-पास नज़र नहीं आई तो वह उसे ढूँढ़ती हुई लॉन की ओर गई। उसने देखा मीरा अपनी सहेली के सामने खड़ी बेतहाशा रोये जा रही थी और हाथ जोड़ने की मुद्रा में बोले जा रही थी—"प्लीज़ मुझे गलत मत समझो। मुझ पर गलत आरोप मत लगाओ। तुम पिछले कितने ही वर्षों से गलतफहमियों का शिकार हुई जा रही हो।"

किंतु मीरा के अनुनय को अनसुना कर वह तो बोले ही जा रही थी—बोल क्या रही थी—उस पर प्रहार ही किए जा रही थी—"रहने दे। मैं तेरे जैसे ढोंगियों को अच्छी तरह जानती हूँ। तू अव्वल दर्जे की झूठी और फरेबी है। ये तेरा फरेब पहले मैं नहीं समझ पाई। मैं भी सोचती रही, जब हम दोनों एक साथ पढ़ते हैं, एक साथ परीक्षाओं को तैयारियाँ करते हैं, तो भला तुझे मुझसे ज्यादा अंक कैसे मिल जाते हैं। भोलेपन का ढोंग करने वाली, तू सदा मुझे छलती रही..."

"मैंने देखा सुनते-सुनते मीरा की हालत बिगड़ने लगी तो जबरदस्ती उसे चुप करवाकर, मीरा को मैं खींचकर ले आई। बहुत बुरी अवस्था में मैंने उसे घर पहुँचाया। मुझे उसकी अवस्था कुछ संभलती लगी तो मैं रात को उसको छोड़ आई। लेकिन सुबह यह मनहूस समाचार मिला कि मीरा इस दुनिया को ही छोड़ गई।"

फूटफूट कर रोते हुए वह बोलती रही—"डॉक्टर आप नहीं जानते, वह मरी नहीं, उसे मारा गया है, उसकी हत्या की गई है, उसे मारा गया है, उसे किस्तों में मारा गया है। पहले सौतेली माँ और भाई-बहन के अत्याचारों से वह मरी। फिर

एकमात्र संबल अपने पिता की मौत से वह मरी। फिर आहिस्ता-आहिस्ता उस निर्मम कठोर हृदयहीना—उसकी सहेली ने उसे मार डाला। जो कुछ साँसें बाकी थीं वह कल रात उसने बड़ी नृशंसता से उससे छीन लीं। ...हाँ डॉक्टर, वह मरी नहीं, मारी गई है।" और वह फूट-फूट कर रो पड़ी।

कुछ ही पलों में संयत हो उसने हाथ की पुस्तक मेरी ओर बढ़ाते हुए कहा—"यह लीजिए अपनी 'गीता'।" पिछले हफ्ते ही यह उसने सौंप दी थी कि मैं आपको दे दूँ। और जानते हैं ये देते हुए बहुत ही भीगी हुई आवाज़ में उसने क्या कहा था—"भगवान कृष्ण भी भला मेरी पीड़ा क्या समझेंगे ? जिनको देवकी और यशोदा जैसी माएँ, बलराम जैसा भाई और सबसे बढ़कर अर्जुन जैसा महान मित्र मिला।"

वह चली गई लेकिन मेरे तार-तार को झनका गई। कभी-कभी कुछ हादसे ऐसे हमारे जीवन में घटित हो जाते हैं कि मनुष्य की अधमता को देखकर मनुष्यता से ही घोर विरक्ति होने लगती है। उस दिन मीरा की सहेली के कहे हुए वाक्यों की पुष्टि मैंने उसकी संगिनी से करनी चाही और पूछा—"तुम कैसे कह सकती हो कि मीरा की सहेली उस पर गलत आरोप लगा रही थी, हो सकता है वह सच हों।" तो वह बिफर कर बोल उठी थी—"नहीं डॉक्टर साहिबा नहीं, वह बिलकुल झूठ आरोप लगा रही थी क्योंकि मैं पूरे प्रकरण से भली-भाँति परिचित हूँ।"

"किंतु कैसे ?" आश्चर्यचकित हो मैंने पूछा।

कुछ देर मौन रहने के बाद वह मुझसे आँखें मिलाते हुए भरपूर विश्वास से बोली—"क्योंकि मैं उसकी सौतेली बहन की सहपाठिनी हूँ। मैं परीक्षाओं से कुछ दिन पहले रातों को उनके घर जाकर ही पढ़ती थी। डॉक्टर साहब, मैंने अपनी आँखों से देखा है कि मीरा देर रात तक जागती तो थी किंतु अपनी सौतेली बहन के नाज़-नखरे उठाने के लिए...रात देर तक वह कभी चाय की माँग करती तो कभी नाश्ते की। और मीरा बिना किसी शिकन के उसकी सेवा करती रहती। बीच-बीच में कभी वह खाली बैठती तो भी वह कुछ-कुछ लिखती रहती, शायद डायरी या कविता। क्योंकि कविताएँ लिखने का उसे बहुत शौक था या फिर पत्रिकाएँ पढ़ती रहती। किंतु बदनसीबी मीरा की कि उसकी सौतेली बहन ने उसकी सहेली के कान भरे और यह कहा कि—"वह तो रात-रात जागकर हमारे साथ पढ़ती है।"

कभी-कभी ऐसे मौकों पर मेरी बुद्धि जवाब देने लगती है, देखने में यह सारे किस्से और हादसे कितने छोटे, कितने नगण्य और कितने बेमानी लगते हैं किंतु इन तमाम छोटे दीखने वाले किस्सों का परिणाम होता है—किसी मीरा की मौत।

मल्लिका को लेकर निरंतर चिंताग्रस्त रहनेवाला मेरा मस्तिष्क मीरा के हादसे के बाद और तनावग्रस्त हो गया। मेरी समझ में नहीं आ रहा था कि मैं क्या करूँ ? लेकिन एक अनजाना एक अनकहा भय निरंतर मुझे दबोचे रहता कि कहीं मल्लिका भी... ।

बहुत सोच-विचार के पश्चात मैं इस तथ्य पर पहुँची कि मल्लिका ने कहीं बहुत-बहुत गहरे प्रज्ञा से मेह पाल लिया था जो कदाचित् कहीं पहुँचकर असामान्य था...असाधारण था...अस्वाभाविक भी लग सकता था किंतु घरवालों से मिली अवहेलना एवं पीड़ा का सुनिश्चित परिणाम था यह। अति संवेदनशील मल्लिका यदि यह आधार न पालती तो उसका जीवन जीना दूभर हो जाता किंतु उसका जितना गहरा प्रेम था प्रज्ञा के प्रति—निश्चित रूप से उतनी ही गहरी चोट, पीड़ा, वेदना भी थी। और उतना ही गहरा उससे मिला जख्म भी था। किंतु इसके बावजूद निरंतर मंथन के पश्चात मैं इस नतीजे पर पहुँची कि यदि प्रज्ञा को मिला जाए, संपूर्ण वस्तुस्थिति समझाई जाए और कम से कम इनमें जितनी दूरी आ गई है उसे पाटने का प्रयास किया जाए, जैसे कभी-कभी यह दोनों मिला करें, एक-दूसरे के घर जाएँ तो आहिस्ता-आहिस्ता मल्लिका की मनःस्थिति में कुछ सुधार आना प्रारंभ हो जाए। मैंने इस विषय में विवेक से बात की तो यह जानकर हैरान और परेशान हो उठी कि मल्लिका ने ही अपनी ओर से मिलना-जुलना बिलकुल छोड़ दिया था...प्रज्ञा तो पहले कभी-कभार आती थी किंतु जब मल्लिका की ओर से पूर्ण उदासीनता दिखाई दी तो प्रज्ञा ने भी आना छोड़ दिया। मेरा आश्चर्य करना स्वाभाविक था। मल्लिका को जिन उच्च आदर्शों में जीते देखा है मैंने, उससे यह बात पूर्णतः अनपेक्षित है कि वह शिकायत अथवा नाराज़गी के कारण मिलना-जुलना छोड़ दे। मेरी निगाहों में उसकी डायरी के शब्द सहसा नाच उठे। उसने एक जगह लिखा था—"सचमुच बहुत बड़ी दौलत है दोस्ती। सचमुच बहुत बड़ी मिल्कियत है मोहब्बत। जमाने भर की संपदा दोस्ती की दौलत के सामने नगण्य है, इसलिए तो मैं चाहती हूँ कि विवेक मेरी दोस्ती मेरे प्यार को उसी रूप में ग्रहण करें... । यदि उन्होंने प्रज्ञा को 'पर' समझा, 'कोई-अन्य' समझा, तो मैं बर्दाश्त नहीं कर पाऊँगी। मन चाहता है कि विवेक भी पूर्ण अपनत्व के साथ...अच्छाइयों और कमजोरियों के साथ प्रज्ञा को हमारे नए परिवार में स्वीकार करे।"...अब मैं निरंतर सोच-सोचकर खोज-खोजकर यह समझ नहीं पाती कि वही मल्लिका स्वयं प्रज्ञा से नाता तोड़े—कैसे संभव था यह ?

शाम मैं मल्लिका के घर उसके सामने खड़ी थी और उसी का लिखा हुआ वाक्य उसे दिखाकर मैं पूछ ही तो बैठी—"अब बताओ मल्लिका, तुम्हीं ने यह संबंध-विच्छेद कैसे किया ?" मुझे चकित करती हुई अपनी संपूर्ण तेजस्विता को समेटे हुए, समग्र आत्मविश्वास को झलकाती हुई किसी अमानवीय, दैवी प्रतिमा समान प्रतीत होती हुई अत्यधिक गंभीर-भाव से मल्लिका ने कहा—"मैंने उससे संबंध नहीं तोड़ा, ऐसे संबंध भी टूटते हैं भला ? मैं उससे सायास दूर हुई हूँ, और वह भी इसलिए

कि मेरे कारण, मेरे अस्तित्व के कारण उसके व्यक्तित्व में ऐसी-ऐसी कमजोरियाँ, ऐसी-ऐसी खामियाँ घर करती जा रही थीं जो मुझे सह्य नहीं थीं क्योंकि वह मेरी अपनी हैं नितांत अपनी हैं। उस अपनी के व्यक्तित्व का ह्रास और अवसान नहीं सहा जाता मुझसे। जहाँ तक जिस तरह भी हो सके उसे उन बुराइयों से बचाना अभीष्ट है मुझे। मैं चित्रपट से हट गई। मैं दूर हो गई उससे कि मुझे लेकर जो दोष उसके व्यक्तित्व में आए हैं कदाचित् आहिस्ता-आहिस्ता दूर हो जाएँगे।''

मैंने मन-ही-मन संयम और सहनशीलता की इस देवी को प्रणाम किया और उसको कमजोर समझने की अपनी कमज़ोरी पर अत्यधिक शर्मिंदा हो मैं लौट आई।

विडंबना

कुलनाशिनी, कुल कलंकिनी है तू...कुल का नाम डूबा दिया तूने...सर्वनाशिनी तूने तो हमारी नाक ही कटा दी...अरे, इतना तो सोचा होता कि समाज में हम क्या मुँह दिखाएँगे ?...घर-परिवार कुनबे को क्या मुँह दिखाएँगे ?...अरे, तुझे इतनी जल्दी क्या पड़ी थी ?...हम क्या नहीं देखते लड़का तेरे लिये ?...हम क्या नहीं विवाह करवाते तेरा ?...

माँ क्रोध के आवेश में बोले जा रही थी और स्वाति सिर झुकाए चुपचाप इन शब्द-बाणों का प्रहार सहे जा रही थी। आँसू बहाने के सिवा कोई और चारा नज़र नहीं आ रहा था, पर माँ है कि अति-विकराल रूप धारण किए उस पर अनवरत शब्दों के तीक्ष्ण-बाण बरसाए जा रही थी।

''अरे, तुझे पढ़ने के लिए भेजा था यूनिवर्सिटी में या ये सब...पढ़ाई क्या खाक करती होगी, बस सारा दिन आवारागर्दी करती होगी, उसके साथ।

...स्वाति तिरछी नज़र उठा स्वयं को अत्यधिक अपमानजनक अवस्था में अनुभव करते हुए, अपनी आवाज को सायास दबाकर आहिस्ता से बस इतना ही कह पाई—''बस करो माँ, बस करो।''

अभी उसका कथन पूरा भी नहीं हो पाया था कि बीच ही में माँ आग-बबूला हो पुनः बरस पड़ी—''निर्लज्जा, लाज नहीं आती तुझे ? एक तो ऐसे कर्म करती है, उस पर आँखें दिखाती है, जुबान चलाती है...चुप रह...वरना जुबान खींच लूँगी तेरी...।''

माँ आपे से बाहर हुई जा रही थी। जैसे कुछ अघटित घटित हो गया हो, जिसे उसका मस्तिष्क, उसका मन स्वीकार करने को कदापि तैयार नहीं। चेहरा क्रोध से तमतमा रहा था। होंठ काँप रहे थे। अंग-प्रत्यंग प्रकंपित हो रहे थे, लेकिन वह थी कि जाने क्या-क्या सुनाए ही जा रही थी। स्वाति की समझ में नहीं आया कि वह क्या करे। चुपचाप वहाँ से हटी, दूसरे कमरे में पहुँच, बहुत चाहते हुए भी अपनी रुलाई रोक न पाई और फफक उठी...।

स्वाति की मति में अब तक यह बात न समा रही थी कि उसने ऐसा कौन-सा गुनाह कर दिया जिसके कारणवश माँ इतना आवेशित हो उठी है। वह तो वर्षों से इस बात पर टिकी थी कि वह विवाह कदापि नहीं करेगी। उसे स्वयं को अनाथों, मजबूरों, मुफलिसों एवं वृद्धों के प्रति समर्पित करना है। वह तो बस इस रूप में समाज-सेवा ही करना चाहती थी। विवाह की बात तो न उसके मन में थी और न ही उसने स्वयं को इसके लिए तैयार ही पाया था कभी !

तीन बेटियों में मझली थी वह। बड़ी बहन की शादी तीन वर्ष पूर्व ही हो चुकी थी। तब से बल्कि यूँ कहें, उससे भी बहुत पहले से जब कभी भी उसने विवाह के प्रति अनिच्छा व्यक्त की तो, सभी ने यह कहकर टाल दिया कि—''ऐसे भी होता है कभी ? विवाह तो करना ही पड़ेगा।'' लड़कियाँ भी कभी कुँआरी बिठाई जाती हैं कहीं ?''

...और उस दिन जब पिताजी के सिर में बहुत दर्द हुआ और वह तेल की मालिश से उनको कुछ आराम देने का प्रयास कर रही थी, तब पिताजी ने दबे शब्दों में पीड़ा होने के बावजूद यह विषय चला दिया था...यूँ तो माता-पिता के लिए सभी औलादें समान होती हैं, किंतु यह बात भी झुठलाई नहीं जा सकती कि जो उनके आदर्शों, उनकी अपेक्षाओं, उनकी मानसिकता के बहुत करीब हो वह औलाद उनको अधिक प्रसन्न करती है। इस रूप में पिताजी ने स्वाति को सदा बहुत महत्त्व दिया। अपने स्वभावगत् गुणों के कारण वह यूँ भी परिवार भर को अत्यधिक प्रिय थी। निष्कपट, सरल, समझदार एवं सेवाभावी स्वाति सभी का मन सहज ही मोह लेती थी। उसकी निष्कपट, निश्छलता एवं सरलता का आलोक उसके चेहरे पर स्पष्ट प्रतिबिंबित होता था। तीखे नैन-नक्श एवं गेहुँए रंग की स्वामिनी स्वाति किसी को दुखी कर ही नहीं सकती थी। दुःखी करना तो बहुत बड़ी बात है, वह तो किसी को पीड़ित देख भी नहीं सकती थी।

पिता के अचानक इस तरह प्रश्न किए जाने पर वह चौंकी थी—''एक बात बताओ बिटिया, तुम विवाह से इनकार क्यों करती हो ?''

लाज से सिमट गई थी स्वाति। लेकिन—'बताओ ? बिटिया बताओ ?' कहकर बारंबार आग्रह करनेवाले पिता को बड़ी कठिनता से उत्तर दे पाई—''हम समाजसेवा करना चाहते हैं पिताजी।''

''तो विवाह करके समाजसेवा नहीं कर सकते यह किसने कह दिया। वह तो तुम विवाह के बाद भी कर सकती हो।''

अनजाने ही स्वाति में कुछ साहस का संचार होने लगा और जाने कैसे वह बोल उठी—''विवाह से हमें डर लगता है।''

यूँ भी माँ से अधिक वह स्वयं को पिता के करीब अनुभव करती थी। माँ तो माँ थी ही, किंतु उसके स्वभाव की कठोरता एवं उसकी भाषा की संवेदनहीनता

उसे अरुचिकर लगती थी। वह चाहकर भी अंतर से माँ के बहुत समीप नहीं हो पाती थी। संयोगवश अथवा विधिवश माँ भी उसके प्रति कुछ रुक्ष ही रहा करती थी। पता नहीं अपनी ज्येष्ठ पुत्री से अधिक मोह होने के कारण अथवा स्वाति का पिता से अधिक अनुराग होने के कारण। पिता ने वाणी में वात्सल्य का रस भरकर बहुत स्नेहपूर्ण अंदाज में उससे पूछा था—''क्यों बेटी ? डर क्यों लगता है भला ?''

''नहीं मालूम ?...सब अनजाने होंगे, सब अजनबी होंगे, जाने सब कैसे-कैसे होंगे वहाँ ? यह सोच-सोचकर भय समाता है मन में।''

''तो बिटिया जिसे तुम अच्छी तरह जानती हो, कोई ऐसा इंसान हमें बता दो जिससे विवाह करने में तुम्हें डर न लगे, भय न प्रतीत हो।''

लाज से लाल होकर स्वाति—''ना, बिलकुल नहीं। हम नहीं जानते किसी को।'' केवल इतना ही कह पाई थी।

आज माँ के इस तरह उपेक्षित किए जाने पर...कोसे जाने पर, उसका अंतर्मन चीत्कार उठा...वह भला कब चाहती है विवाह करना ?...आप लोग ऐसे भी तो जीने नहीं देते। एक ही धुन हर क्षण, हर पल छेड़ते रहते हैं कि लड़कियाँ भी कुँआरी बिठाई जाती हैं भला ?...हुँह...। विवाह नहीं करेगी, तमाशा है क्या ? और अनायास आज स्वर्गवासी पिता का अभाव अधिकाधिक खलने लगा। आज पिताजी होते तो यह सब नहीं भोगना पड़ता उसे। वह सब कुछ कितने प्यार से, कितने वात्सल्य से, कितने अपनेपन से संभाल लेते, और सच तो यह है कि वह अत्यधिक प्रसन्न ही होते कि चलो लड़की मानी तो सही। जाने से कुछ दिन पहले ही तो वे वशिष्ट चाचा से कह रहे थे—''नहीं-नहीं मैंने उसे समझा दिया है भाई साहब, अब यह अपनी पसंद का लड़का स्वयं ही हमें बता देगी। हमें इसके चुनाव पर पूर्ण विश्वास है—क्यों बेटी ?''

और वह शरमाकर लाल हो गई थी, सर झुकाकर बड़ी तेजी से कमरे से निकल गई थी।

पिता के स्वर्गवास के उपरांत माँ के व्यवहार में व्यग्रता, चिड़चिड़ापन, उत्तेजना, चिंता आदि अत्यधिक उग्र रूप धारण करते गए...।

स्वाति जो सुंदर थी, सुशील थी, गंभीर थी, उस पर बहुत समझदार भी थी—तो उसके लिए लड़कों के रिश्ते भी आने लगे। पर वह तो विवाह के नाम से ही काँप जाती थी। सुन्न-सी हो जाती थी। कुछ दिन तो टालमटोल कर ली—''हमें पढ़ाई के दरम्यान कुछ नहीं सोचना है।'' ''हमें अच्छा परिणाम लाना है।'' आदि, आदि।

किंतु आहिस्ता-आहिस्ता माँ का रोष बढ़ता गया। वह जहाँ बहाने बनाती, वहीं वह प्रचंड रूप से उसका प्रतिकार करती। तनाव उत्तरोत्तर बढ़ता गया...। उसकी घबराहट, कसमसाहट, असमंजसता उसे पढ़ाई में भी विचलित करने लगी। मानसिक

तनाव इतना बढ़ गया कि हर वक्त सर में दर्द रहने लगा। मानसिक चेतना क्षीण होने लगी। वह स्वयं को आधारहीन, असहाय, एकाकी एवं निराश्रित अनुभव करने लगी।

इधर पिछले वर्ष से ही अनिकेत की ओर से प्रभा उसके पीछे पड़ी थी। वह उसके संकेतों को, संदेशों को स्वाति तक पहुँचाने का निरंतर प्रयत्न करती रहती...। उसे स्वीकार करने को विवश भी करती। कभी-कभी चिड़चिड़ी होकर उस पर धमक पड़ी—"ऐसा लड़का है, जिस पर कोई भी लड़की मान कर सके। इतना गुणी, चरित्रवान, जिसको पाकर कोई भी लड़की अपना भाग्य सराहे—और एक तू है कि दिमाग ही....।"

"प्रभा तू भलीभाँति जानती है कि हम इस तथ्य से अनभिज्ञ नहीं कि अनिकेत बहुत भले हैं, बल्कि असाधारण हैं, अद्वितीय हैं। किंतु हम स्वयं को उनके योग्य नहीं पाते। विवाह आदि में हमारी रुचि नहीं है। हम स्वयं को उन पर थोप कर उनकी जिंदगी क्योंकर खराब करें भला ?"

स्वाति को बीच में ही टोककर प्रभा तमक उठती है—"यह तेरी बकवास तो मैं सैकड़ों बार सुन चुकी हूँ। मुझे यह बता जब वह तुमसे मिलना चाहता है, बातचीत करना चाहता है तो उससे भी क्यों एतराज़ है तुझे ? एक बार मिल लेने में क्या आपत्ति है भला ?..."

वह दबी आवाज़ में जवाब देती है, कंठ की खरखराहट से उसकी वाणी कुछ अवरुद्ध होती है—"हाँ, डर लगता है, क्या करें हम ? बहुत डर लगता है—शादी-ब्याह से, लड़कों से...।" और बरबस उसकी आँखें छलछला उठती हैं।

हर दूसरे-चौथे दिन इस घटना का किसी न किसी रूप में घटित होना निश्चित है और इसका अंत भी इसी तरह के मोड़ पर आकर होता है। उस रोज भी माँ ने अगर बहुत कोसा न होता, धमकाया न होता, गाली-गलौच पर न उतर आई होती और सबसे बढ़कर तो अत्यधिक दृढ़ता से अपने अंतिम निर्णय का ऐलान न कर दिया होता—"कान खोलकर सुन ले अब जो भी रिश्ता मेरे सामने आएगा, मैं वहाँ तेरी बात पक्की कर दूँगी। तेरी एक न चलेगी। सुन लिया ?...नहीं तो अपनी माँ को मरा हुआ ही समझ।" तो शायद स्वाति स्वयं को इतना कमजोर न समझती कि प्रभा के सामने आकर फूट-फूट कर रो दे। उस दिन स्वाति को इतना टूटा हुआ व असंयत हुआ देख प्रभा भी विचलित हो उठी। वह अत्यधिक आत्मीयता से उसे समझाती रही—"देख स्वाति, अब भी मैं तुझे चेताती हूँ। अनिकेत की बात सुन ले। उसका तुझ पर असीम स्नेह है। मुझे मालूम है वह तेरी खातिर कितने रिश्ते ठुकराकर माता-पिता की नाराज़गी भी मोल ले चुका है। माता-पिता के रिश्ते ठुकराने का कारण पूछे जाने पर वह अनुत्तरित हो जाता है तो सिर्फ तेरी वज़ह से। वह तो फिर भी तुम्हें जानता है, समझता है, और सच तो यह है कि वह तुम पर जान देता है इसलिए

तेरी इच्छाओं और अभिलाषाओं का भी आदर करेगा वह। किंतु एक पल के लिए सोच कि यदि दूसरी ओर ऐसी हालत में तेरे घरवाले किसी से भी तेरा नाता जोड़ दें तो क्या करेगी तू ? तब और क्या विकल्प रह जाएगा ? सोचकर देख स्वाति। एकबार सोचकर तो देख।'' भावावेश के आवेग में प्रभा अनवरत बोले जा रही थी और पहली बार...शायद पहली बार स्वाति को सब कुछ इतना भयावह, इतना अनिश्चित, इतना विकराल, इतना अंधकारपूर्ण व इतना जटिल लगा कि एक पल के लिए उसका मस्तिष्क घूम गया। उसे अनुभव हुआ कि उसके पैरों तले की जमीन अचानक धँसती जा रही है और उसके सर का आकाश अत्यधिक तीव्र गति से उसके चारों ओर घूम रहा है और वह स्वयं को इतना निपट, निःसहाय, असहाय, एकाकी, खलाी-खाली-सा अनुभव कर रही थी कि सिर को दोनों हाथों से थाम वह अनायास चिल्ला उठी—''नहीं...नहीं...नहीं..., प्रभा नहीं..., तुम ही बताओ हम क्या करें ? हम कुछ भी नहीं समझ पा रहे हैं, हम क्या करें ?..., कहाँ जाएँ ? इस तरफ देखती हूँ तो घटाटोप अँधेरा दिखाई देता है और दूसरी ओर देखती हूँ तो प्रचंड आँधी का आवेश हमें दबोचे जा रहा है।'' वह फूट ही तो पड़ी। रोते बिलखते कंठ से वह बोलती जा रही थी—''हम क्या करें ?...क्या करें हम ?... क्या करें ?...''

स्वयं को इतनी असमंजसपूर्ण एवं परास्त अवस्था में उसने कभी नहीं पाया था। प्रभा देर तक उसे सांत्वना देती रही, संभालती रही। और उन अतीव कमजोर क्षणों में प्रभा ने उससे अनिकेत से मिलने की स्वीकृति भी ले ही ली।

इसके पश्चात एक प्रचंड तूफान, एक विकट आँधी, एक अवश आवेश, एक निर्बाध आवेग की भाँति सब-कुछ घटित होता रहा। और उसी मानसिक असंतुलित अवस्था, उसी अस्वस्थ स्थिति एवं उसी विक्षिप्त विचारणा में कैसे वह अनिकेत को मिली, कैसे उसने संपूर्ण बातचीत की और कैसे उसके प्रस्ताव को स्वीकार करने के लिए अपने हृदय को, अंतर्मन को किंचित मना पाई, यह उसे अवगत ही न हुआ। किसी स्वप्न, किसी कल्पना के सदृश्य अब उसे याद आता है सब...।

अनिकेत ने उससे अपनी भावना की तीव्रता की अभिव्यक्ति संपूर्ण ईमानदारी से की और स्वाति ने अपनी अयोग्यता, अक्षमता, अपूर्णता को प्रदर्शित कर उसे आगाह किया कि वह कदाचित् धर्मपत्नी के स्थान को न्यायोचित्त परिणाम दे पाने में सफल न हो क्योंकि उसके जीवन की प्राथमिकताएँ भिन्न हैं उसके ध्येय, उसके उद्देश्य पृथक हैं...। कहीं भावावेश में निर्णय कर अनिकेत भविष्य के लिए निराशा एवं अवसाद को आमंत्रित न कर ले। स्वाति के इस भाँति आगाह किए जाने पर अनिकेत ने भी अपने अंतर्मन की संपूर्ण अकलुषितता को प्रकट करते हुए अत्यधिक छलरहित, कपटरहित एवं आडंबररहित उद्भावना को उद्भाषित करते हुए अपने हृदय के अति सूक्ष्म रागात्मक उद्गारों को अभिव्यक्त किया—''जब तुम इतनी लाग-लपेट रहित स्पष्ट बात कर रही हो तो मैं, भी कुछ कहने का साहस जुटा पा रहा हूँ...मैं

पूर्वजन्म अथवा पुनर्जन्म में दृढ़ आस्था रखने वाला जीव नहीं हूँ—हालाँकि इस पर अविश्वास भी नहीं किया कभी, किंतु तुम्हें पहली दृष्टि में देखते ही हृदय में अनोखा स्पंदन हुआ...क्योंकि तीव्र आकर्षण हुआ तुम्हारे प्रति ? ज्ञात नहीं, नहीं मालूम क्यों लगा मुझे कि मुझसे अभिन्न हो तुम... । क्यों ऐसा भाव जागा कि मैं सदियों-सदियों से कोई अपूर्ण अंश बना अपनी पूर्णता की अथक तलाश कर रहा था और तुम्हीं वह मेरा अपना अंश हो जो मुझे पूर्णता प्रदान कर सकता है। उस दिन हृदय ने मुझसे कहा—"तुम्हारी खोज समाप्त हुई।" तुम्हारे नकारात्मक एवं अवहेलनापूर्ण रवैये के उपरांत मैं अनगिनत बार प्रयास करता कि मैं मन, हृदय, चित्त, मस्तिष्क से तुम्हें विस्मृत कर दूँ किंतु ऐसा विचार करने भर से मैं एक अनजानी, अनकही, अपरिचित-सी अपूर्णता से विगलित होने लगता। अपना ही अस्तित्व मुझे कटा-कटा-सा, लुंठित-सा नज़र आता। मैं अनगिनत प्रयत्नों के बावजूद तुम्हें विस्मृत नहीं कर पाता, ऐसे भी क्षण आए स्वाति ! जब मैंने स्वयं अपने से कितने ही सही-गलत, उचित-अनुचित प्रश्न कर डाले—"मेरा आकर्षण कहीं तुम्हारे सौंदर्य के प्रति तो नहीं, तुम्हारे बाह्य स्वरूप से तो नहीं।" किंतु ऐसे प्रश्नों के उत्तर में मेरी ही आत्मा मुझे चेताती। चेताती क्या बार-बार उतनी ही दृढ़ता से समझाती कि इन कमजोरियों का शिकार हो मैं तुम्हारी ओर कदापि आकृष्ट नहीं हुआ... । जब स्वयं अपने ही प्रश्नोत्तरों के चक्रव्यूह में उलझ-उलझकर अपने भीतर का संपूर्ण विश्लेषण-परीक्षण-अन्वेषण कर मैं निश्चिंत हो गया कि मैं किसी कमजोरी के वशीभूत हो तुम्हारी ओर आकृष्ट नहीं हुआ तो यह मान लेने में मानस को अतीव सुखोप्लब्धि हुई कि मेरा तुम्हारा गत जन्मों का साथ है और जैसे-जैसे काल व्यतीत होता गया यह धारणा दृढ़तम होती गई...और आज...आज तुम्हें देखकर तुम्हारे भीतर से परिचित हो...तुम्हारे विचारों की थाह पा कर तो मैं निःशंक हुआ, निश्चित हुआ कि तुम मेरे लिए बनी हो, क्योंकि अति सामान्य लड़की तो मेरा पूर्णांश हो ही नहीं सकती थी।" (हल्का-सा हँसकर)—"इसे मेरा मान, अभिमान अथवा अहंकार न समझना...इतने खूबसूरत चेहरे, इतने लावण्यपूर्ण रूप देखे किंतु कभी कोई प्रभावित ही नहीं कर पाई। कोई स्पंदित ही नहीं कर पाई हृदय को। एक तुम हो कि जिससे मैं एक क्षण भी अप्रभावित नहीं रह पाता।" लंबी साँस खींच—"स्वाति तुम मेरा व्योम बन जाती हो...जिससे मैं अपने संपूर्ण व्यक्तित्व को और विस्तृत और व्यापक और स्पष्ट रूप से अनुभव करने लगता हूँ, देखने लगता हूँ, पाने लगता हूँ, तुम सचमुच मेरे लिए मेरी अपनी पहचान हो स्वाति। तुमसे विलग तो मैं रह ही नहीं सकता... । मेरी तुमसे कोई आशा नहीं, कोई अपेक्षा नहीं सिवाय इसके कि तुम मेरी जिंदगी में आ जाओ...तुम मेरे जीवन का अंश बन मुझे पूर्णता प्रदान करो।

ऐसा अनन्य समर्पण...ऐसी अलौकिक अनुभूति...ऐसी अकलुष भावना...ऐसी अनिर्वचनीय मनःस्थिति में आज वह स्वयं को पा रही है कि उसके लिए यह सब

जैसे एक सुखद स्वप्न बन गया हो। ऐसा प्रणय भाव, ऐसी अविचल श्रद्धा...जिसकी कल्पना तो हो सकती थी किंतु वह साकार, सजीव और सार्थक रूप में किसी अनिकेत के रूप में उसके समक्ष खड़ी होगी, यह उसके लिए अविश्वसनीय था और सच तो यह है कि वह सदा से अपने हृदय में ऐसे ही उच्च आदर्श, ऐसी ही निर्मल पावन भावना, ऐसे ही पवित्र परिनिष्ठित भाव लिये जीती रही। कदाचित् उस कल्पना का साकार होना उसे असंभव प्रतीत होता रहा था...शायद इसी कारणवश मन ने दूसरी दिशा खोज ली कि नहीं वह विवाह कभी नहीं करेगी...। समाजसेवा का पुण्य-कर्म कर अपना जीवन सफल एवं सुफल बनाएगी...आज अनचाहे-अनजाने उसका निश्छल हृदय पुलकित हो बारंबार उसी से अनेकानेक प्रश्न कर रहा है—"ये कौन-सा पुण्य फलीभूत हुआ...ये कौन-सा पुनीतकर्म फलित हुआ...यह कौन-सा शुभ-भाव आज अनिकेत के रूप में प्रकट हुआ।...यह असंभव कैसे संभव हुआ भला ?...कैसे ??? ...कैसे ???..."

आज एक नवीन शक्ति एक नूतन ऊर्जा एक नवोदित सुरम्य भाव व अति सूक्ष्म रागात्मकता से परिपूर्ण हो वह अत्यधिक धनी हो घर लौटी। अलौकिक संपदा अपने आँचल में समेट वह अति प्रसन्नचित्त मुद्रा में अपने घर में प्रविष्ट हुई। अनोखे आत्मविश्वास से आलोकित उसका मुखमंडल उसके संपूर्ण व्यक्तित्व को प्रदीप्त कर रहा था।

और आज माँ के बारंबार विवाह की चर्चा छेड़े जाने के कारण उसे यह सत्य उद्घाटित करना पड़ा था कि वह विवाह करेगी तो मात्र अनिकेत से वरना वह कुँआरी ही भली। इस निर्णय को अभिव्यक्त करने में जो अनायास दृढ़ता और संबलता उसमें आ गई वह स्वयं उस पर आश्चर्यचकित थी—क्या राग इतना सबल होता है हालाँकि वह यह भी स्पष्ट नहीं समझ रही थी कि वह रागात्मकता की प्रतिक्रिया है अथवा कहीं भी किसी अनजान के हाथ सौंपे जाने के भय से मुक्ति का प्रयास, जो उसे इतनी मजबूती और इतनी बेबाकी दे गया था।

किंतु इस सत्य का उद्घाटन भी इतना सहज और सरल नहीं था। अतिदृढ़ता से उसने अपना निर्णय सुना तो दिया किंतु घर में तो कहर ही टूट पड़ा। माँ के दुस्सहय व्यंग्य-बाण, निर्मम-दोषारोपण, कठोर एवं अटपटे लांछन सब उसे मूक रहकर सुनने पड़े और जब वह सब असह्य हो उठा तो अपने कमरे में आकर फफक उठने के सिवा उसके पास कोई चारा न रहा।

और फिर कुछ दिनों तक रोज़ाना यही चलता रहा। माँ के अत्याचारपूर्ण अभियोग और स्वाति के निर्णय को बदलने के अथक प्रयास...। और स्वाति की अटल, अमिट चुप्पी, उसके साथ ही कहीं और भी विवाह न करने के सुस्पष्ट निर्णय की दृढ़ घोषणा।

किंतु इतने दिनों का तूफान एवं घर के वातावरण का ज़ोरदार दबाव उसके इरादों को कमजोर नहीं कर सका अपितु वह दृढ़ से दृढ़तम होती चली गई। इस बीच कभी-कभी अनिकेत से मुलाकात भी हो जाती। जितना ही वह उससे मिलती उतना ही उसके सद्‌गुणों एवं सद्‌व्यवहार से और परिचित होती रहती, तथापि उसके व्यक्तित्व से अधिकाधिक प्रभावित हो अभिभूत होती जाती और उसके साथ ही उसके निर्णय में और अधिक दृढ़ता आती जाती।

भाग्य के भी अपने ही संकेत हुआ करते हैं एक ओर जहाँ विवाह के लिए न तैयार होने पर उसे तरह-तरह की प्रताड़नाएँ, पीड़ाएँ सहनी पड़ रही थीं वहीं दूसरी ओर विवाह को स्वीकार करने के उपरांत स्वेच्छया लड़का चुने जाने पर घरवालों का सख्त विरोध भी। माँ का विरोध कदाचित् परिवार-कुनबे, समाज आदि के कारणवश होगा क्योंकि एक ही प्रदेश का एवं समान भाषा का होते हुए भी अनिकेत भिन्न संप्रदाय से ताल्लुक रखता था, किंतु बहनों के विरोध का कारण उसकी समझ में नहीं आता था। माँ तो दिन भर खरी-खोटी सुनाती रहती। अनगिनत अनुचित आरोप लगाती रहती। ज़हरीले-तीरों के समान अपने शब्द-बाण चलाती रहती, किंतु बहनें भी कहाँ कम थीं ? वे भी हरपल कटाक्ष करने, लांछन लगाने, अपमानित करने एवं अकारण ही उसे पीड़ित करने के प्रयास में लगी रहतीं। वह यह समझ नहीं पाती कि उसकी अपनी बहनें अपनी सगी बहन के साथ इस तरह का सौतेला व्यवहार क्यों करती हैं। इसका उत्तर प्रभा कुछ मनोवैज्ञानिक स्पर्श, कुछ मनोविश्लेषणात्मक संकेत देकर इस प्रकार ढूँढ़ लेती—कुंठाएँ हैं सब, ग्रंथियाँ भरी पड़ी हैं, तू ही बड़ी भोली है, मैं तो हमेशा से देखती आई हूँ कि वे सदा से तुझसे एक प्रकार की ईर्ष्या रखती आई हैं। उनके तेरे साथ किए व्यवहार में उनके अंतर का द्वेष स्पष्ट परिलक्षित होता है। तू ही एक...तेरी समझ में क्यों नहीं आता पता नहीं। और इस पर बहुत भोलेपन से प्रभा की बात का कड़ा विरोध करते हुए स्वाति उत्तर देती है—''नहीं रे, वे हमारी अपनी बहनें हैं, ऐसा नहीं हो सकता। वे तो माँ, परिवार-समाज को लेकर चिंतित रहती हैं, इसलिए उनके मन में भी मेरे प्रति रोष भर गया हो।''

आहिस्ता-आहिस्ता परिस्थितियाँ बद से बदतर होती चली गईं... । घरवालों का विरोध, शब्दबाणों, आक्षेपों, आरोपों, कटाक्षों के साथ-साथ व्यवहार में भी उतरने लगा।

उस रोज फीस के लिए पैसे माँगने पर माँ ने इनकार ही नहीं बल्कि यह भी घोषित कर दिया कि वह भविष्य में एक भी पैसे की आशा उनसे न रखे। पढ़ाई छोड़ देने का आदेश भी हुआ। —''बहुत पढ़ लिया, पढ़कर ही तो ये गुल खिलाए हैं ना ? खानदान की और पिता की नाक कटवा दी। अब वे भी नहीं हैं इस दुनिया में। पैसे की खान थोड़े ही लगी है।'' फिर लंबी साँस खींचकर कड़वाहट से—''अच्छा ही हुआ, तुम्हारी बेहयाई देखने के लिए वो तो नहीं रहे।''

माँ को बीच में ही टोककर भर्राए कंठ से स्वाति बोल उठती है—''बस करो

माँ, भगवान के लिए बस करो। 'पैसे नहीं' देने तो मत दो, पर ऐसी जली-कटी तो मत सुनाओ।'' और रुलाई ने आगे कुछ कहने का अवसर ही नहीं दिया। किंतु माँ को अपनी क्रोधाग्नि पर घी मिल गया हो जैसे। फिर क्या था ? गाली-गलौच की सेना सहित वह टूट पड़ी स्वाति पर। और चुपचाप ज़हर पीने के अतिरिक्त स्वाति के वश में कुछ भी नहीं रहा।

कुछ ही दिनों में प्रभा की सहायता से दो बच्चियों को पढ़ाने का काम स्वाति को मिला और पैसे की...फीस की...खर्चे की...वर्तमान विकट समस्या का किंचित हल भी मिल गया। इतनी पीड़ा भोगते हुए प्रभा को तो हमराज़ बनाना ही पड़ा था किंतु उसे भी वह संकेत-भर ही देती। अपनी ही बहनों व माँ की आलोचना व निंदा वह कैसे करे ?...। किंतु प्रभा का तो अक्सर घर में आना-जाना रहता था इसलिए यथार्थ अवस्था उससे छुपी न थी। इधर अनिकेत के पूछे जाने पर वह अपने परिवार की, माँ-बहनों की भरपूर प्रशंसा करती। अनिकेत जो प्रभा द्वारा बहुत से तथ्यों से, सत्यों से परिचित था, जान-बूझकर स्वाति से उसका कष्ट सुनना चाहता था ताकि उसका बोझ कुछ हलका हो सके किंतु स्वाति के किसी प्रकार की भी शिकायत न करने पर और निरंतर घरवालों की प्रशंसा करने पर वह मन-ही-मन उसकी महानता को नमन करने को विवश हो जाता।

आज स्वाति का मन अपने वश में नहीं है, वह निरंतर रोये चली जा रही है, आँखें सूज कर लाल हो गईं तो कंठ अवरुद्ध। पर रुलाई है कि रुकने का नाम ही नहीं ले रही। यूँ तो माँ-बहनों से रोज़ाना कोई न कोई पीड़ा सहना उसकी दिनचर्या का अंग ही बन गया था। किंतु आज का हादसा उसे बेध-बेधकर आहत कर गया। अपनी पढ़ाई, ट्यूशन और उससे बढ़कर मानसिक बोझ से स्वाति यूँ ही थकी-थकी-सी रहती थी, उस पर बच्चियों के इम्तिहान शुरू हो गए, तो बच्चियों को पढ़ाने के लिए उसे अधिक समय भी देना पड़ रहा था और साथ ही साथ अपनी परीक्षाओं का तनाव तो बना ही हुआ था। इधर दो दिनों से वह हलका-सा बुखार भी अनुभव कर रही थी। आज बच्चियों को पढ़ाकर घर पहुँचते उसे दो बज गए। रोज़ाना खाने के समय तक तो आ ही जाती थी किंतु पिछले दो दिनों से बच्चियों की परीक्षाओं के कारण कुछ विलंब हो रहा था उसे। घर में प्रवेश करते ही माँ बरस पड़ी—''ये क्या लगा रखा है तूने ? कहाँ मटरगश्ती करती रहती है, उस आवारा के साथ ?...तेरे तो पैर ही खुल गए हैं। घर में तो टिकती ही नहीं।''

''माँ हम ट्यूशन से आ रहे हैं।''

''बारह बजे ट्यूशन खत्म होती है। घर पहुँचने में पंद्रह मिनट की जगह दो घंटे लगते हैं तुझे ?''

''नहीं माँ, उन बच्चियों की परीक्षाएँ चल रहीं हैं, इसलिए ज्यादा देर रुकना पड़ता है।''

"माँ झूठ बकने की आदत हो गई है इसे। अब यह थोड़े ही बताएगी हमें कि उसके साथ खाक छानकर आई है।" बीच में बड़ी बहन ने पैना वार किया।

"दीदी ऐसी बेतुकी व निम्न बातें न करो, हमारी तबीयत वैसे ही ठीक नहीं है," तड़प कर स्वाति बोल उठी।

परंतु दीदी भी कहाँ बाज़ आनेवाली थी, चिल्लाकर बोली—"बहुत अच्छा हुआ, तुझे तो मौत ही आ जाए तो और भी अच्छा है, कम से कम सबके सामने तेरे कारण शर्मिंदा तो नहीं होना पड़ेगा हमें।"

'स्वाति तेजी से रसोईघर की ओर निकल आई...उसकी सहनशीलता जवाब दे रही थी। रसोई के घड़े से एक गिलास पानी भरा और पीने लगी तो छोटी बहिन ने एक तीक्ष्ण प्रहार और किया—"आज पानी से ही पेट भर लो, कल तुमने खाना नहीं खाया तो माँ ने आज तुम्हारे लिए बनाने को मना कर दिया। तुम्हारा छोड़ा बासी भला कौन खाए ?" एक और गाज गिरी उस पर।

पानी पीकर स्वयं को संयत करने के प्रयास में मेज से लगी कुर्सी पर जाकर बैठ गई। उसके समक्ष नाममात्र के लिए पुस्तक थी किंतु जिंदगी के इस अध्याय के अति कटु अनुभव उसका मन ही नहीं टिकने दे रहे थे।

थोड़ी देर में तीनों तैयार होकर उसके सामने खड़ी थीं—"हम लोग फिल्म देखने जा रहे हैं तू शाम को खाना पकाकर लेक्चर्स के लिए जाना, समझी !! चाबी लज्जो आंटी के यहाँ दे जाना।" वह किंकर्तव्यविमूढ़, हतप्रभ अवस्था में केवल इतना ही कह पाई—"लेकिन दीदी, आज हमारा टैस्ट है और तबीयत खराब होने की अवस्था में हम कुछ भी नहीं पढ़ पाए हैं।"

"टैस्ट-वैस्ट नहीं मालूम हमें। तेरा तो कुछ न कुछ रोज ही लगा रहता है ! खाना तैयार करके ही जाना। हम लोग थककर आएँगे तो खाना नहीं बनेगा हमसे।" और तेजी से तीनों निकल गईं। स्वाति बदहवास-सी पिताजी की तस्वीर के समक्ष आकर बेतहाशा रो पड़ी। रुदन की अनवरत शृंखला को एकाएक टेलीफोन की घंटी ने तोड़ा क्षणभर को वह सहम गई। स्वयं को कुछ संयत कर...गला साफ कर...आवाज़ को सायास संभालकर...फोन उठा आहिस्ता से 'हैलो' कहने पर वह घबरा-सी गई। क्योंकि दूसरी ओर अनिकेत की आवाज़ कह रही थी—"ज़रा स्वाति से बात कराइएगा।" घबराहट में फिर अपना कंठ साफ कर, कुछ क्षण चुप रहकर वह बोल उठी थी—"हम स्वाति ही हैं।"

"अरे ! क्या हो गया तुम्हें ? क्या हो गया तुम्हारी आवाज़ को ?"

"...ऊँ...अं...कुछ भी नहीं...वो ज़रा जुकाम हो गया है इसलिए।" सकपकाकर स्वाति बोली।

"सच कह रही हो ना ?" कुछ उत्सुकता...कुछ घबराहट...कुछ अनिश्चितता मिश्रित वाणी में अनिकेत ने पूछा था—"जाने क्यों मन कुछ परेशान हो रहा था।

रह-रहकर तुम्हारा ख्याल आ रहा था...। अरे ! आज तो तुम्हारा टैस्ट है ना ? इस हालत में क्या करोगी ? कैसे पढ़ोगी ? क्या करोगी ?...उफ...ओफ्हो।'' अनिकेत अत्यधिक चिंतित हुआ जाता था।

''कोई बात नहीं...।'' स्वाति अभी वाक्य पूरा भी नहीं कर पाई थी कि अनिकेत बोल उठा—''नहीं-नहीं। तुम ठहरो। मैं कुछ करता हूँ...देखो मैं प्रभा को तुम्हारे पास भेजता हूँ। इतने जुकाम में तुम कैसे पढ़ पाओगी भला ?'' स्वाति के ना-ना करते-करते अनिकेत ने कदाचित् प्रभा को सूचित करने के लिए जल्दबाजी में फोन नीचे रख दिया।

स्वाति कुछ समझ नहीं पा रही थी कि क्या करे ? सिर बहुत भारी हो रहा था पढ़ने की हिम्मत ही नहीं थी उसमें। लिहाज़ा रसोईघर में जाकर शाम के खाने की तैयारी में जुट गई।

आधे घंटे के भीतर ही प्रभा उसके समक्ष खड़ी थी। स्वाति को देखकर वह हैरान परेशान हो उठी, किंतु प्रकट में अत्यधिक सहज बन उसने बड़े संयत भाव से पूछा—''अरे ! तू अकेली है ? सब कहाँ भाग गए ?''

''फिल्म देखने गए हैं।'' स्वाति का संक्षिप्त उत्तर था।

''हूम्मम...समझ गई।'' लंबी सांस खींच प्रभा बोली—''देख मैं तुझसे पूरी बात टैस्ट के बाद पूछूँगी। अब एक काम करते हैं। फटाफट रसोई का काम निपटाकर दो-ढाई घंटे जमकर पढ़ लेते हैं...अच्छा ?''

संकट आते हैं तो मनुष्य के भीतर की ऊर्जा को द्विगुणित कर जाते हैं, आज स्वाति के साथ भी ऐसा ही हो रहा था। रसोई का काम निपटा, मन को एकाग्र कर पढ़ने में जुट गई वह प्रभा के साथ।

टैस्ट देकर लौटते हुए दोनों स्वयं को बहुत राहतयुक्त अनुभव कर रही थीं। इसे सौभाग्य कहें या योगायोग, की टैस्ट के प्रश्न भी उनकी तैयारी के अनुरूप व मनोनुकूल ही थे, इसलिए पेपर भी बहुत अच्छा लिखा गया। लौटते हुए प्रभा ने स्वाति से सारी बातें पूछ ही डालीं। स्वाति इतनी विमूढ़ होते हुए भी अनिकेत से न बताने की कसम लेना न भूली। स्वाति का रोम-रोम प्रभा को सराह रहा था। धन्यवाद दे रहा था। कितनी अजीब बात है कि जिंदगी में कुछ लोग कोई संबंध न होते हुए भी, हमसे कितने अभिन्न, कितने जुड़े हुए होते हैं। अपने व्यवहार से हमें कितनी मधुरता, कितनी उष्मा, कितना अपनापन, कितना समर्पण और लगाव दे जाते हैं। ऐसे ही लोग परस्पर संबंधों को औचित्यपूर्ण अर्थवत्ता एवं उच्चता दे मानवता की परिभाषा को महानता एवं सार्थकता प्रदान करते हैं। वह प्रभा के प्रति स्वयं को कृत्य-कृत्य अनुभव करती रही। उसकी महानता, उसकी विशालता में भीगी अंतर्मन से वह उसके प्रति अत्यधिक कृतज्ञ हो उठती है। ऐसे विकट दुखदायी दिनों में केवल प्रभा का स्नेह ही उसका सहारा नहीं बना, अपितु उसके माता-पिता ने भी भावनात्मक

स्तर पर उसे संबल प्रदान किया। इस प्रकार की वेदनाजन्य, पीड़ादायी घटनाएँ अब उसके जीवन का अनिवार्य अंग बनती जा रही हैं। सब कुछ भोगते हुए वह कभी-कभी स्वयं को समझ पाने में असमर्थ पाती थी। कैसे सह लेती है वह सब ? कहाँ से आती है वह अदृश्य ऊर्जा ? वह अनजान शक्ति ? कैसे मुकाबला कर पा रही है वह इतने कठोर, इतने विकट, इतने घोर विरोध का... ? कैसे अपने निर्णय एवं संकल्प पर टिकी रह पा रही है वह ? कभी-कभी यह सब उसकी समझ के परे की बात हो जाती है। क्या अनिकेत का भावनात्मक संबल उसे संभालता है अथवा प्रभा का निष्कलुष, निस्वार्थ प्रेम ?...अथवा अनजान भविष्य के भय से मुक्ति पाने के प्रयास का प्रतिफल या फिर यह सभी कारण सम्मिश्रित हो एक बड़े कारण को जन्म देते हैं...जो उसमें अद्भुत आत्मविश्वास, अनोखी निर्णय-शक्ति, अनूठी संकल्पशीलता का निर्माण करते हैं।

उसे झुकाने की, उसे तोड़ने की, उसके निर्णय को मोड़ने की जब सभी युक्तियाँ निष्फल दिखाई देने लगीं तो घरवालों का रवैया उग्रतम होने लगा। उस उग्रता ने सहृदयता, स्नेहशीला, कोमलता एवं मधुरता की तमाम भावनाओं को उनके भीतर से जैसे विनष्ट कर दिया। अब स्वाति उन्हें फूटी आँख न सुहाती थी और इसलिए अब वे स्वयं ही उससे मुक्ति पाने को व्यग्र हो.उठे।

दुर्भाग्य भी प्रहार करता है तो चहुँ ओर से। इधर अनिकेत के घरवालों ने स्वाति को स्वीकार करने से साफ इनकार कर दिया। एक और पहाड़ टूटा उस पर। किंतु अनिकेत नितांत अविचल, अप्रभावित, स्थितप्रज्ञ-सी अवस्था में स्वाति को ढाँढ़स बँधाता, ''कोई बात नहीं, सब ठीक हो जाएगा।''

अंततोगत्वा स्वाति की संकल्पदृढ़ता के समक्ष परिवारवालों को ही घुटने टेकने पड़े किंतु अपनी पराजय को उनका मन भला सहज ही कैसे स्वीकार लेता। सो इस पराजय की बौखलाहट में स्वाति को अधिकाधिक अपमानित एवं पीड़ित करने का उपक्रम प्रारंभ हुआ...। बात बात पर छींटाकशी, रह रहकर ताने...उसे नित नई यातनाएँ देने के बहाने खोजे जाने लगे।

दीदी ने ससुराल से जीजाजी को बुला भेजा...। बहन तो बहन जीजाजी उस पर भी सवा सेर निकले। अब तो सबको उसे पीड़ित, अपमानित व ज़लील करने का अधिकार ही मिल गया था—''अरे, जल्दी से जल्दी दफा करो इसे। कम-से-कम घर से बला तो टले।'' जीजाजी ने अपने बड़प्पन का रौब गाँठा।

जिस दिन यह बात स्पष्ट हुई कि इस संबंध के विषय में अनिकेत के घरवालों की भी असहमति है, उस दिन से तो मन-ही-मन उनके मन में लड्डू फूटने लगे—''अच्छा है। ऐसे काम का फल भी ईश्वर यहीं दे देता है...हमें दुःखी करके जाएगी तो वहाँ कौन सुख पाएगी।'' दीदी ने अपना दर्शन बघारा।

उस रोज सभी ने घेराबंदी कर ली। चारों तरफ से घिरी स्वाति स्वयं को निपट

निस्सहाय एवं निरीह पा रही थी—"अब जब तुम्हें अपने मन की ही करनी है, तो जल्दी से जल्दी यहाँ से दफा होवो।"

"पंडितजी ने क्या तारीखें बताई थीं ?" दीदी की ओर मुखातिब होकर माता जी ने पूछा।

स्वाति ने तड़पकर माँ की ओर देखा, उसकी आहत दृष्टि पूछ रही थी—"माँ, तुम माँ हो ?...

"यों घूरने की जरूरत नहीं है, जल्दी से विवाह की तारीख पक्की करनी है हमें।" दीदी बीच में बोल पड़ी।

"किंतु अगले महीने हमारे इम्तिहान..." वाक्य पूरा भी नहीं हुआ था कि जीजाजी ने वार किया—"अब उसका ठेका हमने नहीं ले रखा। विवाह के बाद पढ़ती रहना।"

स्वाति स्वयं को कटा-कटा-सा, बिखरा-बिखरा-सा अनुभव कर रही थी। बड़ी मुश्किल से दबी जुबान में बोली—"घर ढूँढ़ रहे हैं वो। अभी कुछ निश्चित नहीं हुआ।"

"तो हम क्या करें," बौखलाहट में दीदी ने एक और पैना वार किया था—"लोग झोंपड़ियों में भी तो रहते हैं, खोज लो कोई अपने लिए भी।"

स्वाति स्तंभित रह गई। भीतर तक गहरे जैसे कुछ आहत कर गया हो। कुछ कहने की कोशिश में उसके होंठ फड़फड़ाए...क्षणभर को दीदी की ओर देखा...जैसे गरल-घूँट पी लिया हो इस प्रकार के भाव चेहरे पर तिर आए और मौन वहाँ से उठकर चली गई।

आज पहली बार शायद पहली बार अनिकेत के समक्ष उसके धीरज का बाँध टूट गया। अनिकेत द्वारा केवल इतना पूछे जाने पर—"कैसी हो ?...ठीक तो हो ना ?...बहुत उदास लग रही हो ?" आँसुओं की धारा उसके गालों का सफर करने लगी। अनिकेत कुछ विचलित हुआ—"क्या हुआ स्वाति ? कुछ बताओ तो। भगवान के लिए अकेले यूँ ज़हर न पीती रहो ? कुछ तो बताओ।"

सायास स्वयं को संभाल सहज होने का प्रयास कर स्वाति ने विनती के स्वर में अनिकेत से आग्रहपूर्वक कहा—"हम्मम...यह विवाह नहीं करेंगे। क्या रखा है ऐसे संबंध में, जिसमें सभी को दुखी करना पड़े। एक ओर हमारे घरवाले अप्रसन्न हैं तो दूसरी ओर आपके घरवाले नाराज। हमें नहीं अच्छा लगता है यह सब। अपने सुख के लिए सभी को इतना दुःख क्यों दें हम ? आप सब भूल जाइए...सब कुछ। घरवालों को नाराज न करें। हमारे घरवाले भी सुखी हो जाएँगे...हम तो यूँ भी विवाह करके..." उसे बीच ही में काट अत्यधिक प्रेम से अनिकेत बोल उठा—"नहीं, स्वाति नहीं। इस प्रकार हिम्मत नहीं हारते। ये जो नाराज हैं ना वे सब भी अपने ही हैं

तो नाराज होने का अधिकार भी है उन्हें। कल हम उन्हें मना भी लेंगे। यह तो उनकी आशाओं, अभिलाषाओं को चोट पहुँची है ना, इसलिए नाराज हो उठे हैं (कुछ रुककर, गहरी साँस लेकर) उनकी ओर से सोचकर देखो तो वे भी अपने स्थान पर सही हैं। अपनी औलाद को लेकर उनकी कुछ आकाँक्षाएँ होंगी, स्वप्न होंगे—जो हमने चकनाचूर कर दिए, इसलिए उनकी ऐसी प्रतिक्रिया होना स्वाभाविक है। समय ही सबसे बड़ा उपचार है। स्वयमेव ठीक हो जाएँगे सब। और आगे चलकर वक्त जब उन्हें यह दिखलाएगा कि हम दोनों का निर्णय गलत नहीं था, अनुचित नहीं था, तो वे सहज भी हो उठेंगे। इसलिए इस भांति व्यग्र न होवो। मैं हूँ ना तुम्हारे साथ। चलो अब मुस्करा दो।" मुस्कराकर अनिकेत ने कहा।

किंतु स्वाति के मुखमंडल पर उदासी की रेखाएँ अभी-भी घनी बनी थीं, तो अनिकेत कुछ गंभीर हो उठा—"क्या बात है स्वाति ? तुम मुझसे कुछ छिपा रही हो क्या ? कोई और बोझ...सच-सच बताओ।

कुछ संकोचकर, कुछ हिचककर, स्वाति ने अनिकेत से निगाहें मिलाईं, तो उसकी आँखें गूँजे की भाँति लाल हुई जाती थीं जिसे तैरते हुए आँसुओं ने कुछ और लालिमा प्रदान कर दी। दबी-दबी-सी आवाज में वह बोली—"हमारी वजह से आपको घर छोड़ना पड़ रहा है। परिवार के व्यापार से बेदखल हो नौकरी की तलाश में इस कदर भटकना पड़ रहा है, यह हमसे सहा नहीं जाता।" और वाक्य पूर्ण होने से पूर्व ही नेत्रों में तिरते आँसू नीचे ढुलक पड़े और अनिकेत अत्यधिक बेचैन हो उठा—"नहीं, नहीं स्वाति, यह काम न करो। तुम रोती हो तो मेरे प्राण तड़प उठते हैं। तुम व्यर्थ ही में क्या-क्या सोचती रहती हो प्राण ! तुम जानती हो—मेरे आदर्श श्रीराम हैं, तुम्हें तो ज्ञात ही होगा कि अब अखिल अयोध्या कैकई को बेसाख्ता कोस रही थी तो श्रीराम ने उनसे क्या कहा था—"माता, तुमने तो मुझ पर महान उपकार कर दिया। तुम्हारे कारण मैं दूर-सदूर वनों में भ्रमण-विचरण करने का आनंद प्राप्त करूँगा। ऋषियों-मुनियों के दर्शन पाने का सौभाग्य प्राप्त करूँगा। उनके संकट दूर करने का पुण्य-लाभ प्राप्त करूँगा। तुमने तो मुझ पर महत् कृपा की है माते।" उसी प्रकार स्वाति, तुम्हारे कारणवश घरवालों के इस व्यवहार से मैं उपकृत हुआ हूँ, तुम नाहक ही स्वयं को दोषी मान परेशान होती हो। तुम्हारी वजह से मुझे जीवन में संघर्ष करने का सुअवसर मिला। घरवालों के संपन्न, सुनियोजित व्यापार-व्यूह में तो मैं सहज ही समा जाता और संघर्षों से वंचित ही रह जाता। तुम्हीं बताओ सहज-सरल जीवन भी कोई जीवन है भला...? कठिनाइयों, चुनौतियों, मुसीबतों के अभाव में जीवन की गति ही क्या है...? नहीं स्वाति, ऐसा जीवन जीना मुझे अभिप्रेत नहीं। संघर्ष तो जीवन को समुचित अर्थवत्ता दे यथार्थ औचित्य प्रदान करते हैं...। संघर्षहीन जीवन जड़ है...मरण है...यह जड़ता मेरी गति नहीं...यह मरण मुझे स्वीकार्य नहीं...।

स्वाति के घर पहुँचने पर विवाह की तारीख के साथ-साथ यह भी स्पष्ट घोषित

कर दिया गया कि–"सारी तैयारियाँ तुम्हीं को करनी होंगी...। हाल बुक करवाओ जिन पच्चीस-तीस लोगों को न्यौता दिया जाएगा उनके स्वागत, भोजनादि का एवं विवाह-मंडप आदि का समस्त प्रबंध भी करो।" परिणामस्वरूप संपूर्ण बोझ अनिकेत एवं स्वाति पर आ गया। प्रभा का निरंतर योगदान तो उन्हें मिल ही रहा था।

इन परिस्थितियों में अनिकेत किसी भी प्रकार की नौकरी करने को विवश था। मनोनुकूल काम तो नहीं मिला, किंतु फिर भी नौकरी तो नौकरी ही थी और इस समय पैसे की प्रचंड समस्या मुँह-बाये खड़ी थी सो अनिकेत जुट गया इस नए काम में... नूतन दायित्वों के साथ। नई नौकरी के साथ-साथ विवाह की तैयारियों की जिम्मेदारी ने कर्तव्यबोध को और प्रबल कर दिया।

दूसरी ओर स्वाति को घर में अति विषम एवं विकट परिस्थितियों से जूझना पड़ रहा था। उस रोज अनिकेत के तर्कों ने उसे शांत तो कर दिया किंतु भीतर ही भीतर वह अत्यधिक विकल थी। उसकी संस्कारगत मानसिकता अनिकेत के समक्ष घरवालों का कटु निर्मम सत्य उद्घाटित करने में उसे बारंबार रोकती थी इसलिए वह कैसे बताती अनिकेत को कि वह किन ज्वालाओं में जल रही है।

मानव अक्सर भूल जाता है कि उसके व्यक्तित्व की संभ्रांतता की, शालीनता की, सौम्यता की वास्तविक परीक्षा एवं खरा मूल्यांकन उन्हीं परिस्थितियों में होता है जो उसकी मनोनुकूलता से विपरीत, रुचियों से भिन्न, उसकी आकांक्षाओं, उसकी अपेक्षाओं से पृथक् होती हैं। तभी उसके यथार्थ भीतर-बाहर की परख होती है। अत्यधिक त्रासदी के साथ-साथ स्वाति के लिए अपने घरवालों का व्यवहार महान आश्चर्य का विषय भी था–" यह लोग कैसे इतना पैना, इतना कटु... इतना तीखा बोल जाते हैं। यह लोग कैसे इतना छलपूर्ण...इतना द्वेषपूर्ण व्यवहार कर पाते हैं...यह लोग कैसे इतनी पीड़ा, इतनी वेदना इतनी तपन-तड़प दे सकते हैं... हम भी तो इनका अपना ही हिस्सा हैं, इनका अपना अंश–जन्म से, रक्त से, संस्कारों से जुड़ा इनका अपना ही अंग... ये क्योंकर ऐसे कठोर हो जाते हैं...???

और घरवाले थे कि उनके व्यवहार की मर्यादा की कोई सीमा-रेखा ही निश्चित नहीं थी। घरवालों के कुछ व्यवहारों को लेकर तो प्रभा से उनकी ठन भी गई थी। कपड़े नहीं बनवाने हैं–मत बनवाओ। गहने नहीं बनवाने हैं–मत बनवाओ। स्वाति को तो इन सबकी इच्छा भी नहीं है, इन सब बातों को बहुत भौतिकवादी दृष्टि से ग्रहण करना स्वाति की प्रकृति ही नहीं। किंतु दुल्हन तो दुल्हन दीखनी चाहिए। ढंग का कपड़ा नहीं, एक गहना नहीं तो दुल्हन को क्या पहनाओगे ? क्या सजाओगे ?? किंतु घरवाले जो अड़े तो अड़े ही रहे। विवाह के कपड़ों की समस्या को तो प्रभा ने अपनी सहेली–जिसका विवाह अभी कुछ दिनों पूर्व ही हुआ था, से विवाह का जोड़ा लेकर हल कर दिया, किंतु आभूषण किसी से कैसे माँगे जाएं। दीदी तो अत्यधिक निर्मोही बन बोल गयी थीं–"गहने-वहने नहीं लाए हम। ससुराल वाले सफर में गहने

उठाने ही नहीं देते। बहुत शौक है तो नकली खरीदकर पहना दो ना ?''

प्रभा आश्चर्यचकित थी कि जब ये वार उसके लिए असहय हैं तो स्वाति पर क्या गुजरती होगी।

अंततोगत्वा प्रभा ने अपने माता-पिता से अनुरोध कर अपने लिए बनवाए गए गहने, अपनी सौगंध दे, स्वाति को पहना ही दिए।

प्रभा जिस भाँति स्वाति की प्रत्येक आवश्यकता का, विवाह के आयोजन के लिए निहित प्रत्येक अनिवार्यता का ध्यान रख रही थी, कभी वह माँ व कभी बहन का किरदार अदा करती नजर आ रही थी। विवाह की पूर्व-संध्या अनायास प्रभा को स्मरण हो आया कि स्वाति की मेहंदी की रस्म तो हुई ही नहीं। अत्यधिक चिंतित एवं व्यग्र हो फोन किया तो उस ओर दीदी ने ही उठाया। प्रभा ने लपककर पूछ लिया—''दीदी, स्वाति को मेहंदी कब रचेगी ?''

''हमें नहीं मालूम कुछ भी।''

''अरे ! कैसी बातें करती हैं आप ? दुल्हन की मेहंदी नहीं लगेगी ?''

''बहुत शौक है तो तुम्हीं लगा दो ना ?''

''दीदी, अब मेहरबानी करके ऐसी बात तो न करो। बाहर दो मिनट की दूरी पर तो मेहंदीवाली है, उसे बुला क्यों नहीं लेतीं ?'' क्रोध को जबरन दबा लेने के प्रयास में कुछ तिलमिलाहट भरे स्वर में प्रभा बोली।

''हमें कुछ नहीं मालूम। तुम्हें बहुत पड़ी है तो बुला लो उसे।''

प्रभा के आश्चर्य का कोई पारावार नहीं था—''दीदी, आप लोग बड़े अजीबोगरीब जीव हैं...'' बहुत रोकते-रोकते भी प्रभा के मुँह से निकल ही गया।

घरवालों की स्वाति के प्रति हृदयहीनता व कठोरता से वह अपरिचित न थी। लिहाज़ा सारे काम छोड़-छाड़कर वह भागती हुई आई। मेहंदीवाली के घर गई। समय की विवशता तथा मौके की नज़ाकत को समझ मेहंदीवाली भी व्यस्तता का बहाना बना अड़ गई तो उसको किसी तरह मिन्नत-मशक्कत कर, दुगुने दामों का लोभ दे, बहला-फुसलाकर ले आई और स्वाति के हाथों में मेहंदी रचा ही दी। इधर मेहंदी रच रही थी, उधर स्वाति की आँखें बरस रही थीं। मेहंदीवाली यह सोच कि लड़की का मन मायका छूट जाने के गम से भर आया है उसे समझाती रही—''अरे, एक दिन तो मायका छूटता ही है, सभी लड़कियों को जाना ही होता है।'' और विदाई के किसी लोकगीत की धुन गुनगुनाती रही।

अजनबियों की भाँति अथवा यो कहें विवश प्राणियों की तरह उस बड़े सूने-सूने से, फीके-फीके से समारोह में घरवालों ने हिस्सा लेकर स्वाति का विवाह संपन्न कर ही दिया। पच्चीस-तीस आमंत्रित-जन थे और दस-पंद्रह घर के करीबी रिश्तेदार। पिताजी के स्वर्गवास के पश्चात यह पहला विवाह था इसलिए उन सभी ने औपचारिकता का निर्वाह भी किया एवं पितृहीना होने के कारण विवाह पर दुल्हन को चढ़ावा (शगुन)

भी अच्छा ही दिया।

स्वाति तो समझ ही नहीं पा रही थी कि उसके आस-पास क्या हो रहा है। हृदय में अनकहा-सा, अज्ञात-सा भय समाता जा रहा था। किसी बुत की मानिंद वह सभी औपचारिकताएँ निभा रही थी। यथार्थ में तो उसे स्वयं अपना ही अस्तित्व अनजाना-सा लग रहा था। स्वर्गवासी पिता की अनुपस्थिति मानस में बहुत बड़ा अभाव उत्पन्न कर रही थी तो अव्यवस्थित भविष्य की अनिश्चितता उसमें गहरे सूनेपन का संचार कर रही थी। उसकी यह उदासी अनजानों से भी छिपी न रह सकी इसीलिए तो उसका शृंगार करनेवाली महिला ने जब अभिभूत होकर कहा—"मैंने इतनी सुंदर दुल्हन बहुत कम देखी हैं।" तो उसकी सहायिका तुरंत बोल उठी थी—"हाँ, और इतनी उदास भी।"

विवाह तो संपन्न हो ही गया और विदाई की बेला भी आ गई। विदाई क्या थी, एक नाटक था, दिखावा था, ढोंग था। बड़े ही नाटकीय ढंग से बारी-बारी माँ और बहनें स्वाति से गले मिलीं। स्वाति की सिसकियाँ बरबस अन्य परिचितों की आँखें भी भर देती थीं।

"ये क्या !" स्वाति गाड़ी में बैठने को हुई तो घरवालों का ध्यान दूल्हे की तरफ लगा देख दीदी ने स्वाति से पर्स छीना...सारे पैसे, लिफाफे...जो लोगों ने उपहार स्वरूप दिए थे और शगुन के रूप में चढ़ाए थे...अपनी साड़ी के आँचल में पलटे और बिलकुल खाली पर्स स्वाति को लौटा दिया। क्षणभर में इतनी तत्परता और होशियारी से यह सब उसने किया कि पास खड़ी प्रभा और माँ के अतिरिक्त कोई और कुछ भी नहीं जान सका। गाड़ी चल पड़ी। प्रभा आगे बैठी थी। स्वाति एवं अनिकेत पीछे। प्रभा अपना आक्रोश, अपना क्रोध रोक नहीं पा रही थी....बड़बड़ाती जा रही थी।—"सचमुच बड़ी ओछी है, बड़ी नीच।"

स्वाति तो सिर झुकाए सिसक रही थी। आश्चर्य से अनिकेत ने प्रभा से जानना चाहा—"क्या हुआ रे ?"

"होना क्या है अनि ? जानते हो, चलते-चलते दुल्हन का...(इधर स्वाति ने हौले से बाएँ हाथ के कंधे को दबा उसे चुप रहने का संकेत किया) किंतु प्रभा तो क्रोध से लाल-पीली हुई जा रही थी—"अरे पूरा पर्स ही खाली कर दिया। अधम कहीं की। इतना भी नहीं सोचा यह अपशकुन है।" बुदबुदाती रही।

अनिकेत मुस्कराते हुए बड़े धैर्य से बोला—"पगली, दुखी क्यों होती हो ? जानती हो ? रिक्तता ही भरने के प्रयास को उपजाती है। फिर इन पैसों की कीमत ही क्या है। उन्होंने गुणों से भरी-पूरी साक्षात्-लक्ष्मी जो मुझे सौंप दी है।" स्वाति की ओर भरपूर दृष्टि डाल अनिकेत मुस्करा दिया।

अनिकेत के किसी मित्र की कृपा से तीन माह के लिए मिले छोटे-से घर में स्वाति ने अनिकेत के साथ अपने नवीन जीवन की शुरुआत की। अनिकेत ने अपने

निश्छल प्रेम, निष्कलुष अनुराग, असीम विशालता एवं अपरिमित उदारता से स्वाति के जीवन के सूनेपन को ही नहीं हरा अपितु उसे इंद्रधनुषी रंगों से भी भर दिया। स्वाति बरबस स्वयं अपने ही से पूछती रहती—"ऐसे देवपुरुष भी इस सृष्टि में मिल सकते हैं भला ?"

स्वाति अनिकेत के लिए सचमुच लक्ष्मी ही साबित हुई। कुछ ही दिनों में अनिकेत के समक्ष मित्र के द्वारा व्यापार का एक सुंदर एवं आकर्षक प्रस्ताव रखा गया। उसकी विद्वत्ता एवं उदारता बहुचर्चित एवं सर्वविदित थी ही। इधर परीक्षा के परिणाम से पूर्व ही स्वाति को एक अच्छी नौकरी मिल गई। जीवन की गाड़ी सुंदर सुचारु रूप से नवीन दिशाओं की ओर अग्रसर हुई।

स्वाति बिना किसी पूर्वाग्रह के बिना किसी नाराजगी के माँ को मिलती। दीदी तो ससुराल लौट गई थी। दीदी की उपस्थिति माँ की उदारता को भी क्षीण कर देती थी। उसका व्यक्तित्व ही कुछ ऐसा था। उसके जाने के उपरांत माँ आहिस्ता-आहिस्ता कुछ सहज होने लगी। चाहे प्रगट में प्रदर्शित न करती हो किंतु अनिकेत के गुणों से अभिभूत हुए बिना वह भी न रह सकी। स्वाति घर की अवस्था देख किसी न किसी बहाने कुछ न कुछ ले आती। कभी सब्जी, कभी फल, तो कभी अन्य आवश्यकता की वस्तुएँ। माँ को बोझ न महसूस हो इसलिए बहाने कर देती—"अपने लिए ले रही थी, तो यहाँ के लिए भी थोड़ा ले आई। आपको बाज़ार न जाना पड़े ना।" अनिकेत भी अपने ससुरालवालों की प्रत्येक सहायता के लिए सदैव तत्पर रहता।

काल अपनी गति से चलता रहा। कुछ ही महीनों में माँ को अपनी छोटी जवान बेटी की चिंता सताने लगी। बहुत प्रयास करने पर भी उसके लिए कोई सुयोग्य वर नहीं मिल रहा था। माँ, सगे-संबंधियों, मित्रों सभी से बारंबार आग्रह करती कि कोई अच्छा लड़का सुझाओ किंतु हर ओर से निराशा ही हाथ लगती। अपनी ओर से स्वाति भी प्रयत्नरत थी। माँ उसे भी हर दूसरे दिन कह ही देती। किंतु जहाँ कहीं भी बात चलती कुछ ऐसा कारण बन जाता कि बात तय नहीं हो पाती। कभी लड़की पसंद नहीं की जाती तो कभी देखे गए लड़के अथवा उसके परिवार में कोई ऐब निकल जाता। अनगिनत प्रयास निष्फल हुए तो असंख्य कोशिशें नाकाम। और जाने क्यों हर बार की नाकामयाबी के पश्चात माँ और अधिक विचलित हो उठती। विचलितता अपनी पराकाष्ठा पर पहुँच उसमें विक्षिप्तता-सी भरने लगती और वह अत्यंत चिड़चिड़ी, क्रोधी व आवेशी हो उठती। स्वाति समझाती—तुम क्यों चिंता करती हो माँ ? सब हो जाएगा। तुम वृथा ही व्याकुल होती हो माँ ?"

किंतु माँ की व्याकुलता, चिंता, व्यग्रता कम न होती। कदाचित् पति के अभाव से उत्पन्न असुरक्षितता एवं अनिश्चितता उसमें अधिकाधिक अधीरता उपजाती रहती।

आज माँ की विकलता का कोई किनारा नहीं...। व्याकुलता, व्यग्रता ने इतना विचलित कर दिया कि उनसे बात करने में सभी घबरा रहे थे। बड़ी कोशिशों के

पश्चात एक जगह बात बनती नज़र आ रही थी। लगभग तय ही हो गई थी और कल ही माँ ने सोचा कि चलो चिंता से मुक्त तो हुई। किंतु आज सुबह ही वहाँ से खूबसूरत बहाने में लिपटा इनकार भरा संदेश आ गया—"लड़के का कहना है कि अभी दो-तीन साल तक शादी नहीं करेगा वह।"

और संदेश सुन माँ की अवस्था तो अत्यधिक अव्यवस्थित हो गई। माँ ने मौन धारण कर लिया। चुपचाप अपने कमरे में जा समाधि लगा ली। स्वाति जो कल शाम से यहाँ आई हुई थी माँ को इस अवस्था में देख किंकर्तव्यविमूढ़ हो गई। भोजनादि तैयार कर स्वाति ने छोटी बहन से माँ को आग्रहपूर्वक लिवा लाने को संकेत किया। डरी-सहमी-सिमटी छोटी बहन माँ को बुलाने गई। काफी समय तक जब दोनों ही नहीं लौटीं तो भयातुर हो स्वाति उस कमरे की ओर गई और कमरे के बाहर ही ठिठकी-सी रह गई। भीतर जाने का साहस न जुटा पाई। दरवाजे के कुछ खुले अंश से उसने माँ का जो विकराल रूप देखा तो वहीं स्तंभित रह गई। प्रचंड क्रोध के असह्य आवेग में वह अनाप-शनाप बोले जा रही थी—"चली जा यहाँ से...बाँस-सी बड़ी हो घर में बैठी है, ना कहीं बात बनती है। थक गई मैं तो...तंग आ गई हूँ तुझसे...अरे मनहूस ! इतने वर्ष बाहर इतने लड़कों के साथ पढ़ी तू...किसी को वहीं चुन लेती...आज मेरी छाती पर यूँ मूँग तो न दल रही होती।"

...माँ????..

अत्यधिक कातरता से लगभग कराहने की आवाज में बिलख उठी थी छुटकी। और मुँह फेरकर कमरे से बाहर भाग आई।

स्वाति जड़ीभूत अवस्था में पाषाण-सी वहीं खड़ी रही। उसे ऐसा प्रतीत हो रहा था कि भूचाल आ जाएगा अथवा ज्वालामुखी फूट पड़ेगा। घबराहट, भय, पीड़ा, जुगुप्सा के मिश्रित भाव उसके चेहरे पर तिर गए । उसका अंतर्मन मानो उसी से उपहास-सा कर पल-पल उसे छलनी कर रहा था।

वाह-वाह ! क्या समाज है ?...क्या उसूल हैं ?...क्या सिद्धांत हैं ?... क्या मान्यताएँ हैं ?...सब कुछ सुविधाजन्यता पर आधारित है। सब कुछ स्वार्थपरकतानुसार परिचालित होता है। एक लड़की यदि स्वयं अपना वर चुन लेती है तो उसे घोर यातना, प्रताड़ना, उपेक्षा व आक्षेपों के नारकीय उत्पीड़न में जलाया जाता है, तपाया जाता है, और दूसरी ओर एक लड़की को इसलिए अपमानित किया जाता है कि वह इस कार्य में पीछे क्यों रही ? असफल क्यों रही ? कैसी विकट, विकराल विडंबना है यह ?

स्वाति निष्प्राण, निस्तेज, संज्ञाशून्य अवस्था में विजड़ित हो वहीं की वहीं खड़ी रह गई। भोजन के समय अनिकेत ने घर में प्रवेश करते ही स्वाति को इस अवस्था में देखा। हैरान-परेशान हो स्वाति के करीब आ अनिकेत के यह पूछने पर कि—"क्या बात है स्वाति ! स्वस्थ तो हो" जब न कोई उत्तर मिला और न ही स्वाति की संस्थिति

(भंगिमा) में कोई हलचल हुई, तब अनिकेत अत्यधिक उद्विग्न हो उठा। उसे झिंझोड़ते हुए बारंबार उसे पुकारता रहा, पूछता रहा। किंतु उसकी भंगिमा में किंचित् भी परिवर्तन न देख वह बदहवास अवस्था में चीख उठा। चीख सुन छुटकी की हिचकियाँ भी थम गईं। लाल आँखें और आँसू भरे गाल लिये वह भी अनायास जोर-जोर से स्वाति को पुकारने लगी—"दीदी, क्या हुआ ? बताओ दीदी ? कुछ तो बोलो दीदी, दीदी...दीदी चुप क्यों हो ?...चुप क्यों हो तुम?" यह शोर-शराबा सुन भीतर गुमसुम बैठी माँ भी सकते में आ गई। भागी-भागी जब वह बाहर आई तो इस दृश्य को देख सिहर उठी और काँपते होंठों से स्वाति के कंधों को बड़े जोर-जोर से झिंझोड़ते हुए उसे पुकारने लगी।

तीनों की सम्मिलित आवाज़ का कोलाहल स्वाति के जोरदार ठहाके से थम गया। विकराल-सी मुद्रा में प्रचंड, प्रगल्भ अट्टहास करती हुई स्वाति को तीनों स्तंभित हो देखते रहे। तीनों स्वाति को संभालने का प्रयास करते रहे और स्वाति का अट्टहास सिसकियों में ढलने लगा।

ऐसे भी सच हैं कई...

न जाने मानवीय मन की बाहरी सतह के नीचे कितनी सतहें छिपी हैं। कभी-कभी मनुष्य के मन को समझ पाना सचमुच असंभव हो जाता है। उसके बाहरी बर्ताव-व्यवहार के आधार पर जो मन हमारे समक्ष उद्घाटित होता है—हम तो उससे ही परिचित हैं ना ! हमसे परोक्ष होते ही हमारे ही बारे में वही मन और कितने व्यवहार करता है अथवा रचता है—यह हम कहाँ जान पाते हैं।

विभा दीदी न जाने कब से कितने ही पत्रों द्वारा, औरों से सुनी संगीता की बीमारी का सबब जानने को आतुर हैं। विभा दीदी की आत्मीयता संगीता को संबल देती है तो उनका अपनापन उसका सहारा बन जाता है। यूँ रिश्ते में उसकी चचेरी बहन होते हुए भी उसे सगी बहन से अधिक नेह देती रही हैं वे। प्रारंभ से ही मन के सूत्र उनसे कुछ इस तरह जुड़े हैं कि संगीता चाहकर भी उनसे कुछ छिपा नहीं पाती। संगीता की महीनों तक चलने वाली अस्वस्थता ने जहाँ उसके घरवालों को व्यग्र किया, वहीं विभा दीदी भी कम उद्विग्न नहीं हुईं।

निरंतर पाँच-छः पत्र उन्होंने संगीता की अस्वस्थता का कारण जानने के लिए लिख डाले। इधर अपनी मानसिक विकलता एवं शारीरिक अस्वस्थता के कारण वह चाहकर भी उनमें से किसी एक का भी उत्तर न दे पाई, तो एक के पश्चात दूसरे और दूसरे के बाद तीसरे पत्र में उनकी विकलता उत्तरोत्तर बढ़ती ही गई। इस अंतिम पत्र में तो उन्होंने बेचैनी ज़ाहिर करने के साथ-साथ चेतावनी भी बड़ी गंभीर दी—तो वह असमंजस की स्थिति में उत्तर देने के लिए बैठ ही गई। उनको पत्र लिखना टालने का एक कारण यह भी था कि संगीता उनसे न तो बहाना कर सकती थी, न ही टालमटोल कर सकती थी, न झूठ बोल सकती थी और न ही सच बताने अथवा कहने का साहस जुटा पाती थी। पर वह लिखने बैठ ही तो गयी।

प्रिय विभा दीदी,

लगभग दो वर्षों से जिस पीड़ा के दौर से मैं गुज़री हूँ उसकी व्यथा-कथा दोहराने

का साहस नहीं मुझमें। बहुत देखा-सुना था कि कोई बात मन के गहरे कहीं कचोट जाए तो इंसान की ज़िंदगी खराब कर जाती है—कभी काई चोट, कोई दर्द मन में घाव कर जाए तो वह शरीर को, जिस्म को जर्जर कर जाता है...फिर भी इसकी सच्चाई को पूर्णतः स्वीकारता नहीं था मन कभी। किंतु दीदी, अब जब मुझ पर गुज़रा है सब कुछ तो—झुठला भी तो नहीं सकती, नकार भी तो नहीं सकती इसे। तुम तो जानती हो कभी ऐसी कमज़ोर भी नहीं रही मैं...बावजूद इसके इन सदमों ने मुझे तोड़ दिया है। अब नित नई समस्या शरीर को और कमज़ोर बनाती जा रही है। तुम्हारे पत्रों से तुम्हारी बेचैनी स्पष्ट होती थी किंतु चाहकर भी मैं सब कुछ लिख नहीं पाती थी कभी।...जानती हो क्यों... ? क्योंकि सत्य उद्घाटित करने के लिए मुझे उन सबकी आलोचना करनी पड़ती जो मेरी पीड़ा के कारण थे, किंतु जिन्हें मैं बहुत अपना मान और कह चुकी थी। उनके चेहरों से नकाब़ भी उठाने पड़ते, जिन्हें दुनिया बहुत महान समझती है। तुम मेरी प्रकृति से भली-भाँति परिचित हो दीदी—मेरे लिए संबंधों की इयत्ता अत्यधिक महत्त्व रखती है। मैं संबंधों की पवित्रता, उसकी शुचिता को ठेस नहीं पहुँचा सकती थी लिहाज़ा तुम्हारे पत्रों के उत्तर में मैं मौन ही रही। किंतु इतनी विकट दुःसह्य पीड़ा भोगने के पश्चात मैं किसी भाँति जज़्ब भी तो नहीं कर पा रही थी सब कुछ...।

इसी बीच समाचार-पत्रों में एक सूचना पढ़ी—किसी संस्था न इस वष 'अंतर्राष्ट्रीय महिला वर्ष' के उपलक्ष्य में महिलाओं के चरित्र की विभिन्न विशेषताओं को उजागर करती हुई कहानियों की प्रतियोगिता का आयोजन कर, महिलाओं पर आधारित कहानियाँ आमंत्रित की थीं। मैं हृदय से चाहती थी अपने भोग्य को शब्दबद्ध करूँ...अपनी पीड़ा को कहीं अभिव्यक्ति दूँ कि मन का बोझ कुछ तो कम हो। समाचार-पत्रों में कहानी-प्रतियोगिता का विज्ञापन पढ़ अनायास दिशा मिल गई। मुझे लगा इस तरह से इन महिलाओं का सत्य तो उद्घाटित होगा, जगत के समक्ष। विज्ञापन पढ़ जो भावना का प्रवेग मुझमें जागृत हुआ उसने मुझसे कहानी तो लिखा ली किंतु मैं प्रतियोगिता में उसे फिर भी नहीं भेज पाई। मन में खटका-सा लगा रहा कि लोग इसके सत्य को स्वीकार कर, समझ पाएँगे भला ? क्षण भर को यह भी प्रतीत हुआ कि अत्यधिक व्यक्तिगत है यह सब...उसे सार्वजनिक रूप में विज्ञापित करना क्या उचित होगा ? और न जाने क्या ऊहापोह मन में चलता रहा। अंततोगत्वा कहानी तो मैं नहीं ही भेज पाई और अब वही कहानी इस पत्र के साथ तुम्हें भेज रही हूँ। तुमसे नहीं छिपाऊँगी दीदी की यह जो कहानी भेज रही हूँ तुम्हें, उसका शब्द-शब्द सत्य है केवल पात्रों के नाम बदले हुए हैं—और हाँ यह भी कि कुछ घिनौने सत्य मैंने छिपा भी लिये हैं। जिन सत्यों को मेरा अंतर्मन, मेरा मस्तिष्क ही आत्मसात नहीं कर पाया तो भला पाठक उस सत्य को कैसे जज़्ब कर पाएँगे ? नहीं समझ पाती मैं कि नारी की पीड़ा के लिए संसार पुरुष को क्यों दोषी ठहराता है ? अथवा

नारी अपनी पीड़ा-मुक्ति का मार्ग पुरुष के विरुद्ध युद्ध छेड़ कर क्यों चुनती है ? मुझे तो सदा यही प्रतीत होता है कि नारी सदा लांछित, पीड़ित और अपमानित नारी के द्वारा ही हुई है। नारी ही ने नारी को अधिक कष्ट पहुँचाया है, अधिक वेदना दी है, अधिक लूटा है—कभी प्यार से, कभी छल से तो कभी बल से...।

कहानी लिखने की पृष्ठभूमि में कहीं, प्रच्छन्न भाव यह भी रहा कि सभी जानें तो सही कि अत्यधिक संभ्रांत एवं कुलीन दिखनेवाली स्त्रियाँ भी वास्तव में कितना निम्न कोटि का व्यवहार कर सकती हैं...। कितने निम्न स्तर पर उतर सकती हैं...। और हाँ दीदी, इस संपूर्ण कहानी को पढ़कर तुम्हें मुझे लिखे तमाम पत्रों का उत्तर मिल जाएगा। कदाचित् तमाम शंकाओं का समाधान भी मिल जाएगा।

'सौतेला' शब्द स्वयं में एक गाली है, रोग है, सज़ा है, लांछन है। विनीत ने सौतेले शब्द की विभीषिका भोगी नहीं, फिर भी इस शब्द मात्र से अत्यधिक भयभीत रहा है वह। इसीलिए होश संभालने के पश्चात से ही, किसी भी व्यक्ति को सौतेलेपन की विकट-वेदना का शिकार देख वह अत्यंत विषादग्रस्त हो जाता है। यदि ऐसे व्यक्ति से परिचय का झीना-सा सूत्र भी जुट जाता तो वह उसे भरसक सांत्वना एवं स्नेह देने का प्रयास करता, उसके लिए कुछ भी करने को वह तत्पर रहता। सुहासिनी से मिलकर, उससे प्रभावित हो, उसे परिणय-सूत्र में बाँध लेने के पीछे भी कदाचित् इसी मनोवृत्ति की प्रेरणा रही हो।

सौतेली माँ-बहनों द्वारा निरंतर प्रताड़ित सुहासिनी के जीवन में अपने प्रेम के सुमधुर रंग भर, उसके पीड़ित, आहत मन को हर्षोल्लास से आपूरित करने का संकल्प ले विनीत ने अपने वैवाहिक जीवन की यात्रा प्रारंभ की थी...किंतु दुःख किस जगह आँखें मूँदे खड़ा है और कब अचानक किस मोड़ के किस छोर पर वह हम पर आ प्रहार करेगा यह हम कब समझ पाते हैं भला... ????

विधाता ने सुहासिनी को सुमधुर कंठ का वरदान देने के साथ-साथ संगीत के प्रति गहरी अभिरुचि देकर इस जगत में भेजा था। इसलिए गायन की तीव्र उच्चाकांक्षा की लहरें उसके मन के मानसरोवर में सदा उच्छालित होती रहतीं। छात्र-जीवन से ही शिक्षक-गण उसके कंठ की मधुरता से अभिभूत हो, अवसर पा उसके माता-पिता को भी उसे संगीत की विधिवत शिक्षा देने के लिए प्रेरित करने से चूकते नहीं थे...। किंतु सौतेली माँ और बहनों के समक्ष उसकी महत्वाकांक्षाओं की एवं उसकी विलक्षणताओं की भला क्या कीमत हो सकती थी... ?? विवाहोपरांत विनीत ने इस बात का आभास होते ही सुहासिनी को प्रेरित-उत्साहित ही नहीं किया, अपितु संगीत की विधिवत शिक्षा आंरभ करने के लिए भरपूर सहयोग भी दिया।

इसे परम सौभाग्य ही कहें कि अत्यधिक पारंगत, प्रवीण एवं पारखी गुरु का साथ भी मिल गया। सुहासिनी ने इतने मनोयोग से संगीत की साधना प्रारंभ कर दी कि मानो कोई तप कर रही हो। प्रकृत्या प्रभुप्रदत्त मेधा तो उसमें थी ही। इस

क्षेत्र में शीघ्र प्रगति भी करने लगी। उसकी मेहनत, उसकी प्रतिबद्धता, उसकी निष्ठा से गुरुजी भी अभिभूत हुए बिना नहीं रह सके। कुछ महीनों में ही उसे तैयार करने के लिए गुरु स्वयं भी सचेत हो उठे। कभी-कभी वह अपने कार्यक्रमों में उसे ले जाते। उनका कथन था कि, "दरअसल असली तालीम यहीं से शुरू होती है—हम भी मंच पर अपने गुरुजी को गाते देख, और उनके साथ-साथ गा-गाकर ही गाना सीखे थे।"

गुरुजी से मिला स्नेह तो उसकी उपलब्धि था ही, गुरु-पत्नी का ममत्व उसे उनसे भी अधिक खींचता था—इतना प्यार, इतना अपनत्व बरसाती थीं वह कि सुहासिनी कृतकृत्य होकर रह जाती। जीवनभर माँ के प्यार से वंचित उसका हृदय विभोर हो उठता। उसकी छोटी-छोटी बातों की चिंता गुरु-पत्नी को—जिन्हें सभी 'माँजी' कहकर पुकारते थे, रहती।

उच्च-शिक्षा प्राप्त सुहासिनी एक प्रतिष्ठित महाविद्यालय में व्याख्याता के कार्य में रत थी। गुरुजी का घर उसके घर एवं उसके कार्यक्षेत्र यानी महाविद्यालय के ठीक बीचोंबीच पड़ता था। एक दिन माँजी को ज्ञात हुआ कि सुहासिनी को आधे रास्ते छोड़ विनीत अपने दफ्तर की ओर मुड़ जाते हैं। और वहाँ से सुहासिनी बस पकड़कर अपने महाविद्यालय में पहुँचती है। संयोगवश सप्ताह में चार दिन गुरुजी भी उसी ओर जाया करते थे। बड़े-बड़े पूँजीपतियों के घरों में संगीत-शिक्षा देने के लिए वे ठीक उसके महाविद्यालय के सामने से गुज़रते थे। दो-तीन बार माँजी ने सुहासिनी से कहा कि, "तुम यहाँ आ जाया करो और अपने गुरुजी के साथ ही चली जाया करो। कहाँ बसों-वसों के चक्कर में पड़ती हो। वहीं से तो गुज़रते हैं तुम्हारे गुरुजी।" किंतु सुहासिनी को संकोच होता।

उस दिन अपने जन्मदिन के अवसर पर गुरुजी एवं माँजी का आशीर्वाद लेने के लिए सुहासिनी उनके घर गई। माँजी ने हृदय से उसे आशीर्वाद दिया और उसे जलपान भी वहीं करवाया।...और चलते-चलते उसके हाथ में चाँदी का एक स्क्किा थमाकर—जिस पर माँ सरस्वती की प्रतिमा अंकित थी बोलीं—"माँ सरस्वती की कृपा से तुम्हें संगीत का ज्ञान शीघ्रातिशीघ्र प्राप्त हो...खूब आगे बढ़ो...उन्नति करो... ।" —इतना प्रेम पा सुहासिनी की आँखों से प्रेमाश्रु छलक उठे—उसने भाव-विभोर हो माँजी के चरण छू लिये।

उस रोज़ वह गुरुजी के साथ ही गाड़ी में निकली और वे उसे उसके कॉलेज के समक्ष उतार आगे चल दिए। शाम को माँजी का फोन आया—"जन्मदिन कैसा रहा...क्या-क्या किया... ???" इत्यादि कुछ औपचारिक प्रश्नों के पश्चात ममत्वपूर्ण अधिकार से वह बोल उठीं—"देखा, कितने आराम से तुम पहुँच गईं आज...अब यहीं आ जाया करो और गुरुजी के साथ ही निकला करो। गाड़ी तो वहाँ तक जाती ही है ना—यहाँ कौन विशेष तुम्हें छोड़ने के लिए जा रही है—जब अपने घर से गाड़ी

जा ही रही है तो तुम नाहक बसों में धक्के खाओ यह हमें अच्छा नहीं लगता है।'' फिर उसी अधिकार से विनीत से बोलीं—''देखो भाई, तुम हमारी बेटी को यहाँ तक छोड़ दिया करो रोज़...फिर वह गुरुजी के साथ ही चली जाया करेगी।'' विनीत ने कुछ ना-नूँ करने की कोशिश की तो वे बड़े अधिकार से बोलीं—''कुछ नहीं, तुम उसे यहाँ तक छोड़ दिया करो बस।'' फोन रखते ही विनीत ने कहा था—''कितने प्रेमल लोग हैं। तुम्हें तो सचमुच माता-पिता मिल गए।'' सुहासिनी विभोर हो रुँधे गले से सिर्फ—''हाँ सचमुच।'' कह पाई कि उसकी आँखें छलछला आईं।

उस दिन के बाद वह सप्ताह में चार दिन गुरुजी के साथ ही निकलती। इसका एक बहुत बड़ा लाभ उसे हुआ। गुरुजी बैठे-बैठे संगीत की चर्चा करते रहते और उसकी बारीकियाँ उसे समझाते। कभी-कभी अपनी संगीत शिक्षा की यात्रा का विवरण भी उसे बताते।—हमारे गुरुजी कैसे हमसे मेहनत करवाया करते थे—संगीत सीखने के जुनून में किस प्रकार छोटी-सी उम्र में ही अपना घर छोड़ वे गुरुजी के घर पर ही रहने लगे। कैसे अथक साधना की। दिन-रात गुरु की भरपूर सेवा भी की। और कैसे संगीत के लिए सब कुछ त्याग दिया। ये तमाम बातें सुहासिनी के भीतर गहरी प्रेरणा का संचार करतीं।

गुरुजी का विश्वास एवं अपनापन, गुरु-पत्नी का सरल प्रेम एवं निष्कपट लगाव सुहासिनी के हृदय के लिए समृद्धि का उपहार बन गए। विनीत भी उसे प्रफुल्लित देख निहाल हो उठते क्योंकि अक्सर जब कहीं माता-पिता के संबंधों की बात चलती अथवा किसी माता-पिता को अपनी संतान से प्रेमपूर्ण व्यवहार करते वह देखती तो वह अत्यधिक दुखी हो उठती, विषादयुक्त हो उठती। विनीत स्पष्ट देख रहे थे कि सुहासिनी के जीवन के इतने बड़े अभाव की पूर्ति गुरुजी एवं गुरु-पत्नी का प्रेम कर रहा था। विनीत उन दोनों के प्रति कृतज्ञ हो उठते।

कभी-कभी सुहासिनी के संगीत सीखते समय गुरु-पत्नी भी आकर बैठ जातीं। उसका गायन सुन खूब प्रसन्न होतीं और उसे अत्यधिक प्रोत्साहित भी करतीं। कभी-कभी व्यस्तता एवं समयाभाव की बात पर अफ़सोस भी व्यक्त करतीं—''तुम यहीं-कहीं आसपास ही रहतीं तो सुबह-शाम थोड़ा और वक्त दे गुरुजी से सीख भी सकती थीं। दूरी के कारण सब कठिन हो जाता है।'' गुरुजी भी ऐसा ही अनुभव करते थे—तुम आस-पास रहतीं तो जब ज़रा वक्त मिलता, मैं तुम्हें बुला लेता, किंतु इतनी दूर से आना संभव नहीं होता ना, तुम भी व्यस्त हो और मैं भी बहुत व्यस्त रहता हूँ।'' सुहासिनी निराश हो उठती—''माँजी दो-तीन वर्षों से मकान देख रहे हैं ये क्योंकि एक तो इनका दफ्तर यहाँ से पाँच मिनट की दूरी पर है और दूसरे इनके सभी व्यापारी मित्र-गण इसी इलाके में रहते हैं, किंतु यहाँ कोई मकान मिलता ही नहीं। पिछले तीन वर्षों में जो कुछ मकान देखे भी वह पसंद ही नहीं आए। अब आप दोनों आशीर्वाद दें तो यहीं-कहीं आपके पास अच्छा मकान मिल जाए।''...तो

भाव-प्रवण हो गुरु-पत्नी कह उठतीं—"अरे, हमारा आशीर्वाद तो सदा तुम्हारे साथ है। सब हो जाएगा।...सब ठीक हो जाएगा...मकान भी मिल जाएगा।"

और इसे ईश-कृपा कहें कि गुरुजी एवं माँजी के पुनीत आशीर्वाद का सुफल कि मकान मिल ही गया और वह भी गुरुजी के मकान से केवल दो-तीन मिनट के फासले पर—सबसे पहले मकान गुरुजी एवं माँजी को ही दिखाया गया। उन दोनों के अनुमोदन के उपरांत ही सब-कुछ निश्चित किया गया। गृह-प्रवेश के रोज़ प्रसाद का हलवा भी माँजी के हाथों से ही बनवाया गया। सुहासिनी के इन छोटे-छोटे निर्णयों में गुरुजी एवम् माँजी के निश्छल, निष्काम प्रेम के प्रति उसकी कृतज्ञता एवं उन दोनों के प्रति उसकी निष्पाप श्रद्धा ही प्रकट होती थी।

गुरुजी एवं माँजी के करीब आना उसके लिए वरदान सिद्ध हुआ। उनका स्नेह, उनका अपनापन परस्पर बढ़ता गया। माँजी उसे यूँ भी कभी अपने पास बुला लेतीं। घंटों अत्यंत अपनापे से अपनी व्यक्तिगत बातें बताती रहतीं। वह भी उनसे कुछ ना छुपाती—सब मन के भाव बड़ी निष्ठा एवं निष्कलुषता से उनके समक्ष अभिव्यक्त करती। सुहासिनी खूब प्रसन्न रहती। जीवन का बहुत बड़ा शून्य उन दोनों के प्रेम से भरता जा रहा था। कभी माँजी जलपान अथवा भोजन के लिए सुहासिनी एवं विनीत को अपने यहाँ बुला लेतीं तो कभी वे दोनों उनके यहाँ खा लेते।

विनीत सुबह की सैर में गुरुजी को अपने साथ ले जाते। क्योंकि उनकी मान्यता थी कि स्वास्थ्य की दृष्टि से प्रातःकालीन सैर अत्यंत अनिवार्य है। दोनों के ही रोज़ाना सैर पर साथ जाने की वजह से उन दोनों के भीतर स्नेह की कड़ियाँ भी बहुत मज़बूत हुईं। विनीत भी बहुत सरल, सरस एवं मधुर स्वभाव के व्यक्ति थे। वे भी गुरुजी से बहुत अपनापन अनुभव करने लगे थे। घूमते हुए कभी सुहासिनी के संगीत सीखने की बात चलती तो गुरुजी बताते कि, "वह अत्यधिक परिश्रमी है—विधाता ने मधुर कंठ भी दिया है। ऐसी शिष्या को सिखाकर सुख मिलता है।" बातों ही बातों में सुहासिनी के अतीत के विषय में भी गुरुजी को बहुत कुछ ज्ञात हुआ। वे अत्यधिक संवेदनशील हो उठे। अब अपने व्यवहार से वह पिता की कमी को भरने का अधिक प्रयास करने लगे।...उस पर ध्यान भी कुछ अधिक देने लगे। कभी जब कुछ जल्दी घर पर पहुँच जाते तो फौरन फोन करके उसे बुला लेते कि आकर थोड़ी देर संगीत-साधना कर लो। कभी-कभी अपनी संगीत कक्षाओं में भी ले जाते। अपने शिष्यों से मिलाने व उन्हें सुहासिनी का गायन सुनाने में वे बड़े गौरव का अनुभव करते।

गुरुजी ने सप्ताह में रविवार का दिन सुहासिनी को संगीत सिखाने के लिए निश्चित किया था। रविवार के अलावा अन्य समय निश्चित करना कठिन था। एक तो वह महाविद्यालय में पढ़ाने जाती थी दूसरे गुरुजी एक बार सुबह घर से निकलकर सीधे शाम देर हुए ही घर लौटने थे। लिहाज़ा रविवार सुबह का समय गुरुजी के

साथ निश्चित हुआ। रविवार सुबह नाश्ते से फारिग हो सुहासिनी गुरुजी के यहाँ चली जाती। गुरुजी भी फारिग हो उसकी प्रतीक्षा में बैठे मिलते। कभी-कभी वे हँसकर कह दिया करते—"मैंने आज तक रविवार का समय किसी को नहीं दिया, किसी शिष्या को नहीं—पूरे सप्ताह तुम भी व्यस्त हो और मैं भी। अब रविवार के अतिरिक्त और कोई समय ही नहीं बचता। तुम्हारे सीखने की उत्कंठा एवं लगन देख मैंने यह सब किया है...प्रभु ने तुझे मेधा दी है, क्षमता दी है, योग्यता दी है...तुम कुछ बन जाओ तो मुझे भी अत्यंत प्रसन्नता होगी।" सुहासिनी गुरुजी के वचन सुन मन ही मन और दृढ़ हो, और कृतसंकल्प हो उठती....। उसके परिश्रम करने की क्षमता द्विगुणित हो जाती। अपनी अनिवार्य व्यस्तताओं के अतिरिक्त जितना वक्त मिलता वह केवल संगीत-साधना में व्यतीत करती। जब कॉलेज में उसके लेक्चर नहीं होते तो गुरुजी अपने साथ अन्य शिष्याओं के घरों में ले जाते—गुरुजी का कथन था कि—"सुन-सुनकर भी मनुष्य बहुत कुछ सीखता है। संगीत-साधना तो बाल्यावस्था से ही प्रारंभ की जानी चाहिए...तुमने बहुत देर कर दी किंतु अब मैं चाहता हूँ जितना वक्त का लाभ तुम उठा सकती हो उठा लो। मेरे साथ जहाँ-जहाँ तुम जाओगी वहाँ जो कुछ भी मैं सिखा रहा हूँ उससे तुम्हें कुछ लाभ तो होगा ही।" माँजी भी उत्साह दिलाती रहतीं। कहीं कोई कार्यक्रम हो तो पहले से ही फोन करके कह देतीं—तुम यहाँ पर आ जाना साथ चलेंगे।"

इस प्रकार अत्यधिक आनंदमय अवस्था में, अत्यंत पावन परिवेश में...अति सुखद अनुभूति में...काल की गति मधुर-मधुर व्यतीत हो रही थी। किसी तपस्या की भाँति, किसी पूजा-प्रार्थना की भाँति...किसी पवित्र कर्म की भाँति सुहासिनी अपना पल-पल व्यतीत कर रही थी—किंतु यहीं-कहीं ग्रहण लग गया। एक नहीं बल्कि दो-दो ग्रहण लग गए। उसकी खुशियों में पहला ग्रहण बन आई गुरुजी की समधन बनी शिष्या और दूसरा ग्रहण वह पुष्पलता ज़वेरी टूटे, बिखरे, रईस घराने की पथभ्रष्ट महिला...।

गुरुजी की लगभग 30 वर्ष पुरानी शिष्या थी। विचित्र नारी थी यह—संसार-भर का छल-छद्म अपने अंतर में समेटे...ईर्ष्या, द्वेष, मात्सर्य की जीती-जागती तस्वीर—कपट, पाखंड, दुराग्रह की प्रतिमूर्ति, परम स्वार्थ परायणा—अपने मतलब के लिए किसी को भी नष्ट-विनष्ट करने में आनंद का अनुभव करनेवाली—मिथ्याभिमान की मारी यह शिष्या संयोगवश गत दस वर्षों से उनकी समधन भी बन चुकी थी। बन चुकी थी क्या...जबरदस्ती स्वयं को बना चुकी थी क्योंकि आस-पास के लोग खुलकर यह कहते थे कि गुरुजी पर अपना एकाधिकार स्थापित करने के लिए अथवा गुरु के परिवार पर अपनी पूर्ण सत्ता जमाने के लिए यह भी उसी के द्वारा रचा गया एक स्वांग था, खेल था। जाने कितने प्रपंच रचकर उसने अपनी बेटी का विवाह गुरु के कनिष्ठ पुत्र से करवाया कि उस परिवार के भीतर तक प्रवेश पा सके। एक तो

कुशल पैंतरेबाज़, उस पर धन की चमक का आकर्षण, स्वार्थ साधने के लिए किसी को भी अपने जाल में फँसाने में परम निपुण थी वह। गुरु-पत्नी के साथ उसका कुछ विचित्र-सा नाता था। गुरु-पत्नी लगातार उसकी आलोचना करती रहतीं, उससे चिढ़ती रहतीं, उससे विक्षुब्ध भी रहतीं किंतु उसका प्रतिकार नहीं कर पातीं कभी। वह जो चाहती, वही करती और जैसा चाहती, वैसा हर किसी से करवाती।

सुहासिनी को स्पष्ट स्मरण है उस रविवार जब वह संगीत सीखने के लिए गुरुजी के संगीत-कक्ष में प्रविष्ट हुई तो वहाँ उनके अतिरिक्त एक महिला एवं पुरुष को अनौपचारिक रूप से गुरुजी के साथ बैठे पाया। गुरुजी ने परिचय करवाया—"आओ सुहास...आओ। ...देखो ज्योति, यह है हमारी नई शिष्या।" और फिर सुहासिनी की ओर दृष्टि डाल बोले—"यह हैं ज्योति ठाकुर और उनके पति...हमारे समधी हैं ये—" सुहासिनी ने शिष्टाचारवश बड़ी विनम्रता से नमस्कार किया किंतु उनकी समधन की देर तक घूरती रहनेवाली आँखें दिनभर सुहासिनी का पीछा करती रहीं। कुछ अच्छा नहीं लग रहा था। सुहासिनी को दिन भर बेचैनी-सी लगी रही। कुछ आत्माएँ ऐसी ही होती हैं। जिनके पलभर के साथ से ही मन विकल हो उठता है। उनके भीतर की मानस-तरंगों का प्रदोलन कदाचित् विचलित कर जाता है सामने वाले को। संध्या होते-होते उसके मन का बोझ वाणी तक आ ही गया... "आज गुरुजी ने अपने समधियों से हमारा परिचय करवाया...पुरुष तो खूब संभ्रांत था किंतु वह महिला—उनकी समधन—बड़ी खौफ़नाक, भयानक लगी...अजीब मैली आँखें थीं उसकी। गुरुजी के परिचय करवाने के बाद हमें देर तक बड़ी बेतरतीबी से घूरती रही वह।" सुहासिनी के कथन पर विनीत मुस्करा दिया—"पता है विनीत, दीखने में सुंदर थी वह, किंतु उसके चेहरे के भाव बहुत असुंदर, अमंगल से लग रहे थे...हम बहुत डर गए..." विनीत के प्रेम से भुजपाश में भर लेने के बावजूद सुहासिनी परेशान सी रही।...और सुहासिनी की यह परेशानी व्यर्थ न थी, बेमानी न थी, वह औरत सचमुच किसी अशुभ ग्रह की दुखद दशा का रूप धारण कर उसके जीवन में प्रविष्ट हुई और किसी अमंगल, अशुभ ग्रह की भाँति उसके जीवन की शांति को...सुख को...ग्रस ले गई।

उसके बाद तो किसी भी रविवार उसने सुहासिनी को चैन से संगीत सीखने नहीं दिया। उसका एकाध फोन उसके सीखने के वक्त निश्चित आता जिसमें वह ऊट-पटाँग बातों से गुरुजी का सिर और सुहासिनी का आधा घंटा खा जाती। दो-चार रविवारों के पश्चात वह किसी एक रविवार गुरुजी के संपूर्ण परिवार को भोजनादि के बहाने से अपने घर बुला लेती ताकि गुरुजी सुहासिनी को सिखा न पाएँ...समधन जो थी। इस तरह के लाभ सहज ही उठा सकती थी वह।

माँजी से बहुत सी बातें सुहासिनी को ज्ञात होती रहती थीं। उन्होंने ही बताया कि—"द्वेष, ईर्ष्या बहुत है उसमें उसे यह सह्य नहीं है कि इसके सिवा कोई और सीखे अथवा आगे बढ़े...उसी ईर्ष्या ने उसे आगे नहीं बढ़ने दिया...वरना पिछले 30

वर्षों से सीख रही है...अब देखो ना, उससे यह सहन नहीं होता कि तुम्हें गुरुजी अपने घर में और वह भी रविवार को सिखा रहे हैं, पर तुम सीखती रहो...चिंता ना करो। जितना वह कुढ़े उतना ही अधिक तुम सीखो...मैं तुम्हारे गुरुजी से कहकर, तुम्हारे लिए कोई और सीखने का दिन भी निश्चित करती हूँ।...बुधवार का सारा दिन यही खा जाती है...मैं गुरुजी से कहूँगी कि इसके यहाँ से कुछ जल्दी निकलकर एकाध घंटा तुम्हें सिखा दिया करें।''

बुधवार सचमुच गुरुजी सुबह से ही उसी समधन के यहाँ पहुँच जाते। वहाँ एक-एक घंटे की दो सामूहिक कक्षाएँ ले डेढ़ बजे तक फारिग हो जाते। तत्पश्चात वहीं भोजन ग्रहण कर थोड़ा आराम करते। फिर ज्योति के सीखने की बारी आती। और यह नारी ऐसी मायावी थी कि शाम पाँच बजे तक उन्हें अपने यहाँ बैठाए रखती। गुरुजी के घर में सभी को इस बात पर सख़्त आपत्ति थी—''खाना खा आराम कर ढाई बजे तक आप उसे सिखाने बैठ जाते हैं तो घंटे भर में वहाँ से निकल जाया करें और थोड़ा समय सुहासिनी का सिखा दिया करें।'' गुरुजी कहते—''मैं तो स्वयं चाहता हूँ किंतु वह ज्योति निकलते-निकलते चाय मँगवा लेती है और व्यर्थ में देर कर देती है।''...किंतु माँजी ने फरमान जारी कर दिया—''आप वहाँ से ठीक साढ़े-तीन बजे निकलकर सुहासिनी के यहाँ जाएँगे। वहीं चाय पिएँ और कुछ समय उसको सिखा दें।''...लेकिन ज्योति भी कोई मामूली औरत नहीं थी। प्रचंड चालबाज़...धूर्त...प्रपंच रचने में सर्वाग्रणी...वह माह में तीन दिन तो गुरुजी को सुहासिनी के घर पहुँचने ही नहीं देती। रोक लेने के अनगिनत उपाय थे उसके पास।—''हमारा ड्राइवर बीमार है...मुझे भी उसी ओर जाना है...मैं तैयार होती हूँ आप ले चलिएगा...पहले थोड़ी चाय पी लेते हैं...वरना मेरा तो सर-दर्द हो जाएगा।''...फिर क्या पूछना घंटा-भर चाय में, घंटा-भर तैयार होने में और हो गया समय पूरा। फिर साथ निकले तो घर के पास पहुँचकर, ''बहुत देर हो गई ना। अब क्या सिखाने जाएँगे।'' बड़ी चालाकी से छोड़ा हुआ पैना तीर होता। कभी अपने पतिदेव को घर पर जल्दी बुला लेती। अब समधी महाशय आ गए तो गुरुजी से बातचीत तो होगी ही...चाय-वाय भी होगी...और हो गया समय पूरा...। कभी और कोई बहाना नहीं मिला तो ज्योति साहिबा हिसाब लेकर बैठ जाएँगी। दोनों सामूहिक कक्षाओं के पैसों का हिसाब-किताब वही जो रखती थी...। इस भाँति उस चालाक औरत ने बुधवार के दिन गुरुजी को अधिकांशतः सुहासिनी के यहाँ पहुँचने ही नहीं दिया।

यहाँ सुहासिनी प्रत्येक बुधवार प्रतीक्षा करती रहती...प्रतीक्षा करते-करते थक जाती...निराश हो जाती...विमूढ़ हो जाती...कभी-कभी तो रुलाई भी फूट जाती क्योंकि उसकी समझ में यह स्पष्टतया आ रहा था कि वह औरत उसके विरुद्ध षड्यंत्र रच रही है। प्रारंभ में गुरुजी कुछ भी नहीं समझ पाए।...स्वभावतया वे सरल एवं निष्कपट थे...ये सारे छल-प्रपंच उनकी बुद्धि के बाहर की चीज़ थे। किंतु आहिस्ता-आहिस्ता

दबी-दबी जुबान में ज्योति गुरुजी से कहने लगी—"आप सुहासिनी को मत सिखाइए।" गुरुजी ने कड़ा विरोध किया—"क्यों ? और ऐसा कैसे हो सकता है ? ? मेरे लिए सभी शिष्याएँ समान हैं। मैं एक को नहीं सिखाऊँ—शेष को सिखाऊँ ऐसा क्यों ? फिर भला उसके सीखने में तुम्हें एतराज़ क्योंकर है...तुम्हारा समय तुम्हें मिल रहा है ना... ??"

वास्तव में अपनी सादगी के कारण गुरुजी सुहासिनी की सहज प्रशंसा उसके सामने कर जाते थे...उसे यह भी ज्ञात हुआ कि गुरुजी उसे सिखाने में विशेष रुचि ले रहे हैं। और यह भी गुरुजी बहुत-सी जगह उसे अपने साथ भी ले जाते हैं ? उसे यह सब कैसे सह्य होता भला ? दरअसल रिश्तेदारी का लाभ उठा वह गुरुजी की प्रत्येक कक्षा में पहुँच जाती—उनकी शिष्याओं से दोस्ती कर बहुत प्रकार से अपना स्वार्थ सिद्ध करती और अपने वर्चस्व का रौब भी जमाती। उसके अलावा कोई और गुरुजी के साथ रहे यह उस दुरात्मा को स्वीकार्य नहीं था। इस पर माँजी का सुहासिनी से इतना अपनत्व जताना, घर में उनके परिवार का घुल-मिल जाना यह सब उसे नागवार गुज़रता। गुरुजी पर इतना एकाधिकार समझती थी वह कि किसी भी बात पर अपनी इच्छा, अपनी मान्यता एवं अपना निर्णय सर्वोपरि रखती थी। गुरुजी रिश्ते का लिहाज़ कर चुप रह जाते, यद्यपि सुहासिनी ने स्पष्ट देखा था कि गुरुजी ज्योति के व्यवहार से, उसकी बातों से, उसकी मनमानी से बहुत बार क्षुब्ध हो जाते किंतु स्वभाव के ऐसे सरल थे कि खुलकर कुछ भी नहीं कहते। अपनी इस सरलता का दंड उन्हें अपने ही घरवालों के संदेह का पात्र बन देना पड़ता। वे समझते—"कहीं कोई गड़बड़ तो नहीं।"

ज्योति की तानाशाही परिवार में किसी को पसंद नहीं थी। और गुरुजी की सादगी एवं अविरोधी व्यवहार के कारण वह तानाशाही बढ़ती ही जा रही थी। सारा-सारा दिन गुरुजी के पास आकर बैठी रहती। कोई मर्यादा, कोई सीमा वह मानती ही नहीं थी। यूँ कहने को समधन थी वह। एक बात जो सुहासिनी को बारंबार आश्चर्यचकित करती कि—माँजी समेत सभी घरवाले उसे नापसंद करते थे बल्कि उससे विरक्ति-सी रखते थे फिर भी खुलकर उसका विरोध नहीं कर पाते।—ऐसा क्यों ? भला ऐसा क्यों है ? ?...ज्योति का इतना दबदबा क्यों है घर-भर पर ?"

जब लगातार कितने ही बुधवार ज्योति के षड्यंत्रों ने गुरुजी को सुहासिनी के यहाँ नहीं पहुँचने दिया तो दबी-सी जुबान में सुहासिनी ने गुरुजी से पूछ ही लिया—"ये ज्योति जी कहीं जान-बूझकर, बहाने करके तो आपको नहीं रोक लेतीं कि आप हमें न सिखा पाएँ क्योंकि माँजी से हमें ज्ञात हुआ है कि हमारे प्रति बहुत द्वेष-भाव रखती हैं वह"—गुरुजी की मुद्रा अत्यंत गंभीर हो उठी—"समझ में तो हमारी भी नहीं आता बेटा कि ऐसा क्यों है ? अभी कल ही हमारे पीछे पड़ गई कि आप सुहासिनी को सिखाना छोड़ दीजिए। हमने कारण पूछा तो बोली—हमने कहा ना बस छोड़ दीजिए।"

सुहासिनी की आँखें डबडबा आईं—"पर गुरुजी हमने तो कभी कुछ गलत नहीं किया। कभी उनसे कुछ भी नहीं कहा। कभी कहीं मिल भी जाती हैं तो हम उन्हें समुचित आदर-मान भी देते हैं। फिर हमारे पीछे क्यों पड़ी हैं वे।" रुंधे हुए कंठ से सुहासिनी ने पूछा। उसकी आँखों में आँसू देख कोमल-मना गुरुजी विचलित हो उठे—"नहीं तुम दुःखी मत हो। हमने कल तो उसे डाँट दिया कि तुम हमारे काम में बेवजह दखल न दिया करो। किसी को सिखाना है या नहीं यह निर्णय हमारा है। तुम अपने काम से मतलब रखो।—अब करें क्या ? रिश्ता बड़ा नाजुक है। हमारे बेटे की सास है वह। अधिक कुछ कह भी नहीं सकते। रिश्ते का लिहाज़ रखना पड़ता है वरना ऐसी बातें करनेवाले को हम सिखाना ही नहीं चाहते ! जब इतनी ईर्ष्या हृदय में रखोगे तो विद्या कहाँ से आएगी। यही कारण है कि इतने वर्षों से कुछ हासिल नहीं कर पाई वह। तुम मन छोटा न करो। लगन से सीखती रहो, बस... ।...किंतु सुहासिनी की आत्मा किसी अमंगल के भय से आतंकित हो उठी...एक अनजानी अनकही बेचैनी उसे बेबस करने लगी। उसके मन में विषाद घिरने लगा।

गुरुजी की आत्मीयता, उनके स्नेह, उनके लगाव में कोई अंतर नहीं आया। गुरुजी का स्नेह पा वह धन्य-धन्य हो जाती। बाल्यावस्था से प्रेम के अभाव से रिक्त उसका हृदय उनकी आत्मीयता से संपन्न-समृद्ध हो उठता। सुहासिनी के उल्हास एवं उन्नति से विनीत भी अत्यंत प्रसन्न थे। उनके तो जीवन का ध्येय ही सुहासिनी को प्रसन्न एवं सुखी देखना था।

उन दिनों कॉलेज की परीक्षाओं के पश्चात छुट्टियाँ प्रारंभ हो चुकी थीं। अब सुहासिनी को काफी फुर्सत थी। वह सुबह गुरुजी के साथ ही निकल जाती। जहाँ जिस शिष्य को वे सिखाते ध्यान से सुनती-गुनती और दोपहर को घर लौट फिर अपना रियाज़ करती।

उस रोज़ अपने निश्चित समय पर गुरुजी के घर पहुँची तो वहाँ ज्योति को खड़ा पा वह हैरान हो गई। उसने सादर नमस्ते की तो अजीब-सी मुद्रा में उसका जवाब मिला। जाहिर है उसे सुहासिनी का आना असह्य हो उठा था। ज्योति की ऐसी मुद्रा देख सुहासिनी कुछ असंयत हो उठी। गुरुजी ने मुस्कराते हुए कहा—"आज ज्योति भी हमारे साथ जाएगी। इनकी गाड़ी खराब हो गई है और शहर में इन्हें कोई जरूरी काम है।" सुहासिनी ने सायास अत्यधिक संयत भाव दर्शाते हुए प्रतिक्रिया दी—"यह तो बहुत अच्छी बात है। आज इनका साथ मिल गया हमें।" किंतु ज्योति की मुख-मुद्रा कुछ खिंची-सी ही रही। हालाँकि प्रत्यक्षतः वह मुस्कराने का प्रयत्न करती रही। तीनों गाड़ी में सवार हुए। शिष्या का मकान आने पर गुरुजी उतरने को हुए तो ज्योति साधिकार बोल उठी—"अब गाड़ी शाम तक मेरे साथ रहेगी। मुझे कुछ देर हो सकती है, आज अपनी वापसी का इंतज़ाम कर लेंगे ना ?" गुरुजी ने कुछ सोचकर—"ठीक है, कोई बात नहीं।" कहा और सुहासिनी एवं गुरुजी को उतारकर

गाड़ी आगे बढ़ गई।

ऐसा दो-तीन दिन तक हुआ ! ज्योति सुबह उनके साथ निकलती। पहले मुकाम पर उन्हें उतारकर गाड़ी ले आगे बढ़ जाती—गुरुजी शाम को कदाचित् किसी शिष्या की गाड़ी से घर लौटते। सुहासिनी कितनी ही शंकाओं से भर जाती। 'ज्योतिजी के पास तो तीन-तीन गाड़ियाँ हैं। दो ड्राइवर भी हैं। फिर वे गुरुजी की गाड़ी क्योंकर ले जाती हैं।' इच्छा होती कि गुरुजी से पूछे किंतु संकोच वाणी पर प्रतिबंध लगा देता कहीं अन्यथा न प्रतीत हो। मन था कि अनिगनत शंकाओं से घिरा जाता था—ज्योति की कुवृत्तियों की आशंका सुहासिनी को सदा विचलित करती रही है। अपनी विकार-ग्रस्त मनोवृत्ति के कारण वह सुहासिनी को कभी आकृष्ट नहीं कर पाई। या यूँ कहें कि इसीलिए वह उसकी विरक्ति का कारण बनी। सुहासिनी की सहज-सरल बुद्धि में यह बात समाती नहीं थी कि उसे लेकर ज्योति इतनी कुंठित क्यों है...क्या उसे गुरुजी पर अपने एकाधिकार के क्षीण होने का भय है अथवा महत्त्व खोने की आशंका है ? क्या उसे इसका तनिक भी विचार नहीं कि इन कृत्यों से वह गुरुजी एवं गुरु-पत्नी के मन से उतर जाएगी।...अभी कुछ रोज़ पहले ही तो उसके यहाँ हुए गुरु-पूर्णिमा पर्व के उत्सव से लौटकर माँजी उसकी खूब भर्त्सना कर रही थीं—"बड़ी निम्न कोटि की औरत है यह...अब बताओ, इस बात की आपत्ति है उसे कि हम उसके घर तुम्हें अपने साथ क्यों ले गए ?...गुरु-पूर्णिमा है। सभी शिष्याओं को समानाधिकार है सम्मिलित होने का। और तुमने ही तो सभी शिष्याओं को आमंत्रित किया है...देखो कैसी छिछली है कि हमसे इसी बात पर बिगड़ने लगी कि सुहासिनी को अपने साथ लाने की क्या आवश्यकता थी...यूँ गुरु-पर्व मनाने का ढोंग कर रही है और मन में इतना पाप-पंक है ?" अपने मन की व्यग्रता सुहासिनी किस पर व्यक्त करे। उसका संशकित हृदय रह-रहकर विक्षुब्ध हो उठता...इसी बीच फिर बुधवार पड़ा।...वही पुरानी कहानी—सुहासिनी प्रतीक्षा करती रही...और करती रही। किंतु गुरुजी नहीं ही आए। सात बजे के करीब गुरुजी का फोन आया। बड़ी अस्फुट आवाज में बोल रहे थे, "आज ज्योति ने हम सबको अपने यहाँ भोजन पर आमंत्रित किया था। सब वहीं थे। अभी-अभी हम लोग लौटे हैं और हाँ कल सुबह तुम यहाँ मत आना। मैं अपने साथ नहीं ले जा पाऊँगा। कोई जरूरी काम आ गया है।" और बिना उत्तर की प्रतीक्षा किए उन्होंने फोन रख दिया। सुहासिनी धक्क से रह गई। ये क्या हुआ...गुरुजी कुछ अलग-अलग से प्रतीत हो रहे थे। उनकी वाणी भी कुछ बदली-बदली ध्वनित हो रही थी। उसे ख्याल आया कि पिछले तीन दिनों से माँजी का फोन भी नहीं आया। वे तो दिन में दो-दो बार भी फोन कर लेती थीं—कई बार सुहासिनी ने बात करनी चाही तो जवाब मिला—"वे घर पर नहीं हैं।"

दूसरे दिन बहुत साँझ गए फिर गुरुजी का फोन आया—धीमी-दबी-सी आवाज—"सुहासिनी अब तुम मेरे साथ नहीं चल सकोगी—माँजी नहीं चाहती हैं—और मैं रविवार

को तुम्हें सिखा भी नहीं पाऊँगा। माँजी कहती हैं रविवार के दिन किसी को भी नहीं सिखाना है।''

सुहासिनी की समझ में कुछ भी नहीं आ रहा था...''लेकिन माँजी तो...अभी सुहासिनी का वाक्य अपूर्ण ही था कि गुरुजी ने—''अच्छा रखता हूँ'' कहकर बड़ी जल्दबाज़ी में गुरुजी ने फोन रख दिया। सुहासिनी अवाक रह गई। सन्न से बिजली की लहर-सी उसके शरीर में दौड़ गई। कुछ पल को जैसे निष्प्राण-सी हो गई। किसी तरह अपने को संभालने का प्रयास कर उसने रिसीवर नीचे रखा। कुर्सी के पीछे टेक लगाकर शीर्ष-भाग पर सिर टिका निढाल हो बैठ गई। किंतु उसके भीतर आवेगों का प्रचंड तूफान चल रहा था। सुहासिनी कुछ भी नहीं समझ पा रही थी कि अकस्मात ये क्या हो गया ? ?...माँजी... ? माँजी मना कर रही हैं ? ? माँजी मेरे संगीत सीखने पर निषेध लगा रही हैं ? ? ? किंतु क्यों...ऐसा क्या हो गया...क्या किया है मैंने... ? ? ? ?

असमंजस की अवस्था में उसकी आँखों से अश्रु-धार बह निकली। सुहासिनी को ऐसे विषाद ने घेर लिया कि वह किंकर्तव्यविमूढ़ हो गयी...कुछ न समझ पाने की स्थिति में अन्यमनस्कता उसे और अनुतप्त कर रही थी।

कुछ माह पूर्व ही गुरुजी की सामूहिक कक्षाओं से अनुप्रेरित हो उसने अपनी सुविधानुसार एक सामूहिक कक्षा में अपना नाम लिखवा दिया था। वहाँ से छूटकर गुरुजी जाते हुए उसे उसके कॉलेज के सामने उतार देते थे। इस बार कक्षा समाप्ति के उपरांत जब गुरुजी को नमन करने सुहासिनी उनके करीब गयी तो गुरुजी ने आहिस्ता से—''तुम अपने आप टैक्सी में चली जाओ।'' कहकर एक और तीर उसके कहीं गहरे चुभो दिया। वह आहत होकर रह गयी।

सुहासिनी विकट असमंजसता में उलझ गयी। उस सामूहिक कक्षा में वह गुरुजी के साथ ही आती थी और जाती भी थी। कक्षा की अन्य शिष्याएं कुछ उसकी शैक्षणिक एवं व्यावसायिक अवस्था और तथापि कुछ उसकी विद्वता के कारणवश उसे अत्यधिक सम्मान देती थीं। कुछ उसके गायन एवं मधुर आवाज़ पर मुग्ध थीं... परिणामस्वरूप उसे कक्षा में भी सभी की आत्मीयता एवं अनुराग प्राप्त था। प्रारंभ में तो बहुत दिनों तक गुरुजी के साथ आने-जाने के कारण बहुत सी शिष्याएँ सुहासिनी को उनकी बेटी ही समझती रहीं। अब असमंजसता यह कि उन्हीं के समक्ष जब अकेली आती और अकेली निकलती तो अनगिनत प्रश्नों की बौछार उसे झेलनी पड़ती...

''अरे सुहासिनी जी, आप आजकल गुरुजी के साथ क्यों नहीं आतीं ?...वहीं से...उनके घर के पास ही से तो आती हैं ना ??

अब ऐसे प्रश्नों को कितने ही बहाने बनाकर उसे टालना पड़ता। सर्वाधिक आहत उसे गुरुजी का परिवर्तित व्यवहार करता—अब वह सुहासिनी को टालने लगे थे—एक तरह से जान-बूझकर उससे किनारा करने लगे थे। यहाँ तक कि किसी अन्य

शिष्या को सिखाने में अधिक दिलचस्पी दिखाकर सुहासिनी का निषेध करने का भी प्रयत्न करते। सुहासिनी टूटकर रह जाती...उसकी मर्यादा, उसकी गरिमा उसे गुरुजी से प्रत्यक्ष में कुछ पूछने भी न देती और गुरुजी का यह व्यवहार उससे सहा भी न जाता। वह भीतर ही भीतर खूब जलती...खूब तड़पती...खूब कसमसाती...अब किससे पूछे कि क्या हुआ ? उससे क्या अपराध हो गया है ?

इसी उलझन की स्थिति में उसने माँजी से कितनी ही बार फोन पर बात करनी चाही किंतु वे भी बहाना कर देतीं...बड़ी कशमकश थी। बहुत बार के प्रयास के उपरांत जब माँजी ने ही फोन उठा 'हैलो' कहा तो सुहासिनी अपने दुर्भाग्य को ही अपना सौभाग्य समझ बैठी। 'नमस्ते' कहने पर बड़ी रूखी-सी प्रतिक्रिया मिली तो सुहासिनी आहत हो उठी—"क्या बात है माँज़ी ? हमसे क्या अपराध हुआ ? ऐसा क्यों हो रहा है हमारे साथ ? हमसे अनजाने में भी कोई गलती हुई हो या भूल हुई हो तो क्षमा करें।" साहस जुटा पूछ ही लिया सुहासिनी ने। किंतु दूसरी ओर से निष्ठुर, कठोर और रूखा-सा उत्तर सुन वह काँप उठी—"होना क्या है ? बस अब तुम्हें गुरुजी नहीं सिखाएँगे, तुम किसी और से सीख लो और गुरुजी का पीछा छोड़ो।" सुहासिनी को अपने कानों पर विश्वास ही नहीं हो रहा था। उसकी तो रुलाई ही फूट गई। सुबकते-सुबकते ही वह बोल उठी—"माँजी हमें बताएँ तो कि क्या भूल हुई है हमसे। आप एकदम से नाराज़ क्यों होती हैं ? कुछ तो बताएँ...।" "यह रोना-धोना छोड़ो। बस इतना समझ लो कि अब गुरुजी तुम्हें कभी नहीं सिखाएँगे।" अत्यधिक रूक्षता से कहकर उन्होंने फोन पटक दिया। सुहासिनी सिहर उठी...उसका मस्तिष्क सुन्न हो गया...यह सब क्या हो रहा है ?...क्यों हो रहा है ?...उससे क्या गलती हुई ??? इन तमाम प्रश्नों का कोई उत्तर उसे नहीं सूझ रहा था। सुहासिनी अत्यधिक अव्यवस्थित हो उठी। उस अनहोनी घटना के उपरांत एक अजीब चुप्पी ने सुहासिनी को घेर लिया। विनीत से सुहासिनी की ऐसी अवस्था देखी न जाती।

दूसरे दिन सुबह सैर पर गुरुजी से विनीत की भेंट हुई। बहुत दिनों से वे आ नहीं रहे थे। गुरुजी अत्यधिक अशक्त प्रतीत हो रहे थे। विनीत ने गुरुजी से न आने का कारण पूछा तो अस्वस्थता का बहाना कर गुरुजी ने टाल दिया। चलते-चलते विनीत ने सुहासिनी के संगीत बंद होने की बात हौले से छेड़ ही दी और उसकी प्रतिक्रिया में गुरुजी के चेहरे पर उभरे उदासी के रंग विनीत से छिप न सके। प्रत्यक्ष वे केवल इतना ही बोले—"देखिए विनीतजी, इस संसार में शक और गलतफहमी का कोई भी इलाज नहीं है...मैं भी बहुत दुखी हूँ इस पूरे प्रकरण को लेकर। मैं जानता हूँ सुहासिनी पर अत्याचार हो रहा है....अन्याय हो रहा है यह। किंतु मैं भी विवश हूँ...घर की सुख-शांति को प्राथमिकता देनी ही पड़ती है। आप सुहासिनी को समझाइए कि धैर्य रखे।"

लंबी साँस ले—"किंतु कैसी गलतफहमी ? कैसा शक ?" विनीत ने कुरेदना

चाहा तो गुरुजी ने संक्षिप्त उत्तर दिया—“अब गलतफहमी तो गलत ही होती है, तब फिर उसका ज़िक्र क्या ?”

विनीत की इन बातों को सुन सुहासिनी को समझने में देर न लगी कि यह आग ज्योति की लगाई हुई है...उसी ने कान भरे होंगे माँजी के। उसे यह भी ज्ञात हुआ था कि आजकल दोनों में—जिनमें अक्सर मतभेद ही रहता था, अनबन ही रहती थी—काफी प्रगाढ़ता है। अक्सर संग ही दिखाई देती हैं।

आहिस्ता-आहिस्ता कुछ करीबी लोगों तक यह बात पहुँच गई कि सुहासिनी को गुरुजी सिखाते नहीं। दो-चार लोगों ने सुहासिनी को फोन कर कारण जानना चाहा तो सुहासिनी ने अपनी व्यस्तता का बहाना कर टाल दिया। किंतु इन पूछनेवालों में एक बड़ी ही चालाक महिला थी—कुसुमलता। सुहासिनी के बारंबार टालने के बावजूद वह बार-बार फोन करके पूछती रहती। इतना ही नहीं स्वयं ही कारण भी बताती रहती—“अरे, मुझे मालूम है...तुम अच्छा गाती हो, आगे बढ़ रही हो ना...खूब तरक्की कर रही हो तो वह ज्योति सह नहीं पा रही। उसी ने माँजी को भड़काया होगा। ...मुझे तो वह औरत बिलकुल अच्छी नहीं लगती। सच पूछो तो जादूगरनी लगती है वह। उसने माँजी पर जादू कर अपने काबू में कर लिया है ताकि उनका पति...हमारे गुरुजी उसी के वश में रहें...।”

इस प्रकार की निम्न कोटि की बातें सुहासिनी के स्वभाव एवं संस्कार के विपरीत थीं। इसलिए वह सायास इस विषय को टालकर कोई और बात चला देती। लेकिन कुसुमलता तो कुसुमलता ही ठहरी। —“देखो ना। अब सारा-सारा दिन गुरुजी के साथ भटकती रहती है। अपने घर-बार, पति-बच्चों का कोई ख्याल नहीं। लोग कहते हैं कि गुरुजी और उसमें कुछ ज़रूर है।...जानती हो सुहासिनी शक तो मुझे भी होता है, वरना गुरुजी उससे इतना दबते क्यों ? उसकी इतनी मानते क्यों ?” अब आगे सुनना सुहासिनी के लिए असह्य हो जाता—गुरुजी उसके लिए पिता तुल्य हैं—परमात्मा स्वरूप हैं...ऐसी बात सोचना अथवा सुनना सुहासिनी के लिए असह्य है...दुष्कर है...असंभव है। वह कोई बहाना बना फोन रखना चाहती किंतु दूसरी ओर कुसुमलता की नसीहतें प्रारंभ हो जाती हैं—“लेकिन तुम घबराना नहीं, हारना नहीं। किसी और बहुत अच्छे गुरु से सीखो। सीखना शुरू करो। खूब आगे बढ़कर इनको नीचा दिखाओ।” फोन रखने के बाद मस्तिष्क और उद्वेलित हो जाता। दिन में कई बार, उसका फोन आता। कभी कहती—“तुम्हें मालूम नहीं सुहासिनी, माँजी की आदतें भी बहुत अजीब हैं। मैं तो अक्सर उनके घर जाती हूँ ना, तो बहुत कुछ देखती हूँ...बड़ी बेरुखी से बात करती हैं गुरुजी से...। अकारण शक भी करती रहती हैं। विचित्र औरत हैं—ज्योति की आलोचना भी करती रहती हैं और उससे चिपकी भी रहती हैं। और वह ज्योति—इतनी चालाक, होशियार, धूर्त, चंट औरत है कि माँजी का मुँह बंद रखने के लिए उनका घर पैसों से और तमाम दूसरी चीजों से भरती

रहती है।''

सुहासिनी को उसकी बातें बड़ी अटपटी लगतीं। प्रत्यक्षतः उम्र का लिहाज़ कर कुछ कहती नहीं किंतु कुसुमलता की बातों से वह अत्यंत अव्यवस्थित हो उठती। बड़ी अस्थिर हो जाती। सुहासिनी को सदा से ही यह नारी अति असंतुलित लगी है। उसे याद हो आता है वह दिन जब गुरुजी के घर किसी पार्टी में वह पहली बार कुसुमलता से मिली थी...

उन दिनों माँजी सुहासिनी से इस कदर प्रेम जतलाती थीं मानो उनके प्राण ही समा गए हों उसमें। सप्ताहभर पहले से ही आगामी रविवार को होनेवाली पार्टी का न्यौता बारंबार देना न भूलतीं। सुहासिनी द्वारा यह ज्ञात होने पर कि विनीत नहीं आ पाएँगे, वह अकेली पहुँच जाएगी—उनका आग्रह था, ''क्यों भला ? उन्हें भी अवश्य आना होगा''—''नहीं माँजी, वो उनकी बुआ आई हुई हैं ना विदेश से...उन्हें अकेले छोड़कर नहीं आ सकते हैं ना...''

''तुम भी कैसी बातें करती हो सुहासिनी, उन्हें भी संग ही ले आओ ना। क्यों हमें नहीं मिलाओगी अपनी बुआ से ?''

विनीत के दूर के रिश्ते की बुआ हैं वे। पति हैं नहीं...बेटा विदेश में बस गया है। वह बहुत बुलाता है तो कुछ समय के लिए विदेश चली जाती हैं फिर विनीत के पास लौट आती हैं। अपनी बहू सुहासिनी से बेटी से भी अधिक स्नेह/प्रेम रखती हैं वे...विदेश से सख्त घृणा है बुआ को। ''अरे, मरे, बड़े खुले लोग हैं...निर्लज्ज कहीं के...एक तो अधनंगे रहते हैं....उस पर खुले रास्तों में ही चुम्मा-चाटी करते रहते हैं...'' विदेश के उघड़ेपन की आलोचना बुआ स्वयं बड़े उघड़ेपन से करतीं।

माँजी के अत्यधिक आग्रह के कारण बुआ को साथ लेकर ही जाना पड़ा। वहाँ पहली बार गुरुजी ने कुसुमलता से सुहासिनी का परिचय करवाया था। सुहासिनी को पहली निगाह में ही यह नारी कुछ खटकी। अधेड़ उम्र...कच्चे-पक्के केश...किंतु उम्र के ढलाव को स्वीकार न कर पानेवाली बिखरी-सी औरत प्रतीत हुई वह...जाम पर जाम चढ़ाए जा रही थी...। बुजुर्गों की दृष्टि बड़ी पैनी होती है। पार्टी से लौटकर बुआ कुसुमलता व ज्योति के बारे में टिप्पणी करने से नहीं चूकीं। कुसुमलता से खासी चिढ़ी बैठी थीं। ''मर्दों से भी तेज़ हैं। मर्दों ने तो दो-दो पैग के बाद बस कर दिया, पर वह तो चौथा भी गट कर गई।'' ज्योति की गंदी निगाहें बुआ को भी परेशान कर रही थीं—''अरे मरी ऐसे घूर रही थी तोहे, कि डर लग रहा था, कहीं नज़र ही ना लगा दे मेरी बहू रानी को। बड़ी खराब आँखें हैं...खा जाएगी जैसे... ।''

सुहासिनी और विनीत का मन तो यों भी बड़ा खिन्न रहा। इस तरह पीने-पिलानेवाली पार्टियाँ उन्हें बिलकुल नहीं सुहातीं। 'गुरुजी यों इतने संतमना हैं फिर यह पीना-पिलाना क्यों करते हैं भला' यह बात भी उन्हें बहुत सता रही थी।

दुर्भाग्य भी चहुँ ओर से वार करता है। इस बार दुर्भाग्य का जामा पहन कुसुमलता समाने आई। वह जो घंटों-घंटों फोन करके सुहासिनी से दुनिया भर की बातें करती रहती थी—माँजी की भरपूर आलोचना करती तो ज्योति की अथक भर्त्सना—वही कुसुमलता कुछ तो ज्योति की दुष्टनीति की और कुछ अपनी अंधी महत्वाकांक्षा का शिकार हो किस कदर गिर गई...।

नीचे गिरने की...पतन की भी कोई सीमा होती है भला। एक बार, बस एक बार अंतर के ईश को मारना ही तो होता है अथवा अंतरमन से उठनेवाली प्रत्येक सात्विक, सही गूँज को अनसुना ही तो करना होता है। सत्य को सुनना-गुनना बंद ही तो करना होता है बस। सुहासिनी कभी नहीं समझ पाई। वह, जो स्वयं को उसकी माँ बताती थी और बारंबार अपनी बेटी से अधिक उसे मानने का दावा करती थी। इतनी छद्‌मवेशी, इतनी ढोंगी कैसे हो सकती है। वह खुद ही तो बार-बार फोन करके उसे अपने घर में आने और साथ खाना खाने का आग्रह करती थी। अत्यधिक आग्रह को कभी-कभी न टाल पाने की अवस्था में वह उस आग्रह को स्नेह-संचालित मान उसके यहाँ कुछेक बार अवश्य गई होगी। किंतु उसने माँजी को यह कहकर भड़काया "जब-जब मेरा टयूशन होता था तब-तब चली आती थी, मैं तो बहुत दुःखी हो जाती थी। मुझे नहीं अच्छा लगता था कि मेरी ट्यूशन में कोई दखल दे। और तो और खाना खाए बिना जाती ही नहीं थी।" यह सुन सुहासिनी तो भीतर तक टूटकर, बिखरकर रह गई। एकाध बार तो उसने व्रत का बहाना करके भी खाना टालना चाहा था तब तो उसी ने यह कहकर ज़बरदस्ती खिला दिया कि "आज शाम के बदले दोपहर को ही खा लो ना, यह भी तो घर ही का भोजन है।" कुसुमलता के भड़काने पर माँजी को तो और शह मिल गई और वे गुरुजी के समक्ष सुहासिनी की आलोचना करने में कब पीछे रहतीं। जब यह बात गुरुजी के सामने आई तो उन्होंने सख्त विरोध किया—"झूठ कहती है कुसुमलता। वह खुद जबरदस्ती बुलाती रहती थी तो कभी-कभार उसके आग्रह पर चली गई होगी और सुहासिनी तो स्वयं इतनी व्यस्त रहती है कि उसे फुर्सत ही कहाँ है किसी के घर जाने की...।" इस पर गुरु-पत्नी का उत्तर किसी अनपेक्षित वार की तरह था—"अब आप रहने दीजिए। कुसुमलता ने एक-एक दिन का हिसाब अपनी डायरी में लिखा है।" गुरुजी ने कुछ चकित और कुछ क्रुद्ध होकर पूछा था—"क्या फिजूल...व्यर्थ की बकवास है ? क्या हिसाब लिखा है ? कि वह घर कब-कब गई और खाना कब-कब खाया ? सचमुच तुम लोग अजीबोगरीब हो।" सारा विवरण सुन सुहासिनी का स्वाभिमान आहत हुआ—उसके सम्मान को गहरी चोट लगी। और आत्माभिमान पर ऐसी ठेस लगी कि वह संभल न पाई। वह भीतर तक चरमरा-सी गई।

सुहासिनी कभी-कभी सोचती है कि सचमुच वह इस दुनिया के काबिल नहीं है। अथवा यह दुनिया उसके योग्य नहीं। यूँ आहिस्ता-आहिस्ता सारे प्रपंच उसकी

समझ में आ रहे थे। कुसुमलता ने भी इस अवसर को खूब भुनाया है—माँजी के और करीब पहुँचने का सुनहरा अवसर वह भला क्योंकर खोती। सुहासिनी की आलोचना कर, चाहे झूठ ही सही, किंतु उसे आरोपों और आक्षेपों के कटघरे में खड़ा कर उसकी स्वार्थपूर्ति सहज ही जो हो रही थी। माँजी का विश्वास, गुरुजी की कृपा एवं सान्निंध्य तथापि उनके परिवार से घुलना-मिलना...कितनी सहजता से कुसुमलता ने सब सिद्ध कर लिया और भी बहुत से हथकंडे थे उसके पास। बेशुमार दौलत की स्वामिनी थी वह और कोई आगे नाथ न पीछे पगहा। गुरु-पत्नी को प्रसन्न रखने के समस्त साधन थे उसके पास। रोज़ाना भाँति-भाँति की वस्तुएँ गुरुजी के घर पहुँचाई जातीं। अपनी साख बनाए रखने के लिए स्वर्णाभूषण तक उपहार स्वरूप दिए जाते...ज्योति से अधिक अपना वर्चस्व स्थापित करने के लिए केवल माँजी ही नहीं अपितु उनकी बेटी तक के लिए आभूषण बनवाए जाते।

सुहासिनी को भी यह ज्ञात हुआ था कि माँजी पैसे की बड़ी पीर हैं। यह बात नहीं है कि इस तथ्य के प्रति सुहासिनी पूर्णतः अबोध थी। उसे यह भली-भाँति ज्ञात था कि एक बार उसे गुरुजी ने उसके विवाह की सालगिरह के उपलक्ष्य में एक कीमती कलम यह कहकर उपहार स्वरूप भेंट की थी कि—"हम तो गानेवाले ठहरे, लिखने-विखने से हमारा विशेष सरोकार नहीं। तुम पढ़ती-लिखती हो यह कलम तुम्हें शोभा देगी।" उन दिनों संयोगवश माँजी कहीं बाहर गई हुई थीं। लौटने पर जब उन्हें यह ज्ञात हुआ तो उन्होंने नाराज़ हो वह कलम गुरुजी द्वारा सुहासिनी से वापस मँगवा ली। उस समय सुहासिनी को कुछ आश्चर्य अवश्य हुआ था किंतु माँजी के साथ ऐसा अटूट प्रेम पाल चुकी थी वह कि ऐसी बातें प्रेम के समक्ष नगण्य हो जाती थीं। उसी प्रेम के वशीभूत हो—जब माँजी ने सुहासिनी के पहने हुए कर्णफूल बहुत पसंद किए तो आर्थिक क्षमता न होते हुए भी वैसे ही कर्णफूल बनवाकर उसने माँजी को उपहार स्वरूप भेंट कर दिए।

अब एक नहीं, दो नहीं, तीन-तीन स्त्रियाँ इस षड्यंत्र में जुट गई थीं और उनके पतन की कोई सीमा नहीं थी। उन्होंने गुरुजी के कार्यक्रमों में उसका शामिल होना ही बंद नहीं करवाया अपितु गुरुजी की शिष्यामंडली द्वारा आयोजित किसी भी प्रकार के कार्यक्रम में भाग लेने पर भी रोक लगा दी। इन समस्त बातों का सम्मिलित रूप से सुहासिनी पर अत्यधिक गहरा मानसिक आघात हो रहा था।...उसकी बेबसी, उसकी लाचारी विनीत देख नहीं पाते थे। वह सुहासिनी की पीड़ा को समझ रहे थे इसलिए अपनी ओर से प्रयास कर उन्होंने गुरुजी से बात की—"आपने एकदम से क्यों छोड़ दिया यहाँ आना, कभी-कभार आकर तो सिखा ही सकते हैं उसे—आप तो जानते ही हैं कि आपसे बहुत स्नेह पाल बैठी है वह—आपमें अपने स्वर्गवासी पिता की छवि देखने लगी है वह...आप उसे दुःख देंगे तो टूट जाएगी...वह खत्म हो जाएगी।" भावावस्था में विनीत बोल गए।

गुरुजी भी उसको दुःख देकर कहाँ सुखी थे। उस रोज साहस जुटाकर वे माँजी से इस बात की चर्चा कर ही बैठे कि "मैं सुहासिनी को सिखाना चाहता हूँ...मेरे उसे सिखाने से तुम्हें भला क्या कष्ट होता है" ?—"और उसे सिखाने में आपकी ऐसी विशेष रुचि भी क्यों है भला।" कहकर माँजी ने पैना वार किया।

"अरे वह अच्छा गाती है, तरक्की कर रही है। तुम्हें उससे ऐसी क्या शत्रुता है और तुम्हारी तो वह इतनी इज्जत करती है..."

"रहने दीजिए, रहने दीजिए, यों कहिए ना कि उसकी सुंदरता ने आपको मोह लिया है...आप पर जादू कर दिया है...आप उसे छोड़ना ही नहीं चाहते"...

"व्यर्थ की बकवास मत करो" सात्विक मना गुरुजी क्रोध में लाल-पीले हुए जाते थे।

"तुम्हारी तो सचमुच मति मारी गई है...तुम्हें बाप-बेटी के संबंधों में भी खोट नज़र आता है। उन औरतों की बातों में आकर तुम कि...त...ना गिर गई हो...मुझे शर्म आ रही है तुम पर... ।"

काश यह सब न हुआ होता। काश कि उस रोज़ माँजी गुरुजी को सुहासिनी के घर न ले गई होतीं...! ! काश माँजी के उस रूप से सुहासिनी अपरिचित ही रहती।

...देर शाम हुए जब घंटी बजी तो सुहासिनी और विनीत खाना खा रहे थे। गुरुजी और माँजी को एक साथ देख दोनों के उल्लास का ठिकाना न रहा। विनीत को संतोष हुआ कि गुरुजी ने माँजी को राज़ी कर लिया है और सुहासिनी हर्षित हो उठी कि माँजी के मन का मलाल जाता रहा। दोनों ने बड़ी प्रसन्नता से उन्हें दूसरे कमरे में बिठाया। चाय-पानी पूछने पर माँजी का रूखा-सा जवाब मिला।..."वह सब रहने दो तुम...हम जो कहने आए हैं वह तुम दोनों ध्यान से सुनो...आज हम यह किस्सा हमेशा के लिए खत्म करने आए हैं..."। सुहासिनी ने आश्चर्यचकित हो माँजी की ओर देखा तो उनके चेहरे के भाव पढ़ वह घबरा गई, जैसे कोई ज्वालामुखी उबल पड़ने को तैयार बैठा हो...जैसे माँजी नहीं कोई तूफान हो, कोई जलजला हो, जो उन दोनों को नष्ट करने को तत्पर हो किंतु प्रत्यक्ष रूप से उसने उन्हें आदरसहित बैठने का आग्रह कर कुर्सी पर रखा रूमाल उठा लिया। माँजी बैठ तो गईं लेकिन प्रचंड विकराल रूप धारण कर उन्होंने बेसिर पैर बोलना आरंभ किया—"एक बात तुम लोग कान खोलकर सुन लो, हाँ ! सुन लो सुहासिनी, कि गुरुजी अब तुम्हें संगीत नहीं सिखाएँगे बस। तुम्हें सीखना हो तो किसी और से सीख लो... । हुँह... (सिर झटक कर)...हाथ धोकर इनके पीछे पड़ गई हो...अरे इनकी उम्र का तो लिहाज़ करो कुछ।...बूढ़े हो गए हैं वो तुम्हें मालूम है, सत्तर के होने वाले हैं ये...उन्हें मार डालोगी क्या। खा जाओगी उन्हें...अब तो उन्हें आराम करने दो..." ...अत्यधिक अपमानजनक अवस्था को न सह पाने के कारण सुहासिनी के अधर भय से, आशंका

से काँप उठे... "आप यह सब क्या कह रही हैं माँजी" काँपती आवाज में इतना कहते-कहते उसकी आँखें छलक उठीं। दूसरी ओर आश्चर्यचकित हो गुरुजी बोल उठे—"कमलिनी तुम क्या बकवास किए जा रही हो। तुम तो हमसे कह रही थीं कि तुम... (उन्हें बीच ही में टोक माँजी तमतमाकर बोल उठीं) "आपको भी इसका संगीत छूटने पर इतनी तकलीफ क्यों होती है। हम हज़ार बार कहते हैं...इसको नहीं सिखाना है पर आपकी एक ही रट...मैं तो सिखाऊँगा उसे...उसका कुसूर क्या है ?—अरे हम कहते हैं इसको शर्म भी नहीं आती...सारा दिन आपके साथ आना-जाना करती है...अपनी मर्यादा स्वयं ही रखनी चाहिए...बहुत शौक है गाड़ियों में घूमने का तो खरीद लो अपनी गाड़ी हमें क्यों तंग करती हो !"...

अब विनीत के लिए सब असह्य हुआ जाता था। कुछ सख्त किंतु शालीन मुद्रा में वे बोल उठे—"माँजी अब हद हो गई। आप ही ने तो हमें मजबूर किया था कि सुहासिनी को गुरुजी के साथ जाने दो—बल्कि आपके बारंबार कहने पर यह सोचकर कि आप बुरा न मान जाएँ, सुहासिनी भी गुरुजी के साथ जाने को तैयार हुई थी।"

"आपके कहने पर...हँ...सुनो ज़रा...अब हम कहेंगे कुएँ में कूद जाओ तो यह कुएँ में कूद जाएँगी...आपके कहने पर... ।"

माँजी के विचारहीन तर्क विनीत को चकित कर रहे थे। भीतर ही भीतर बहुत क्रोध उबल रहा था। किंतु उनकी संभ्रांतता, शालीनता व कुलीनता उनकी जुबान पर ताले लगाए देती थी। अपने प्राणप्रिय विनीत का अपमान सुहासनी के लिए असहनीय हो उठा—रुँधे गले से दबी-सी आवाज़ में उसके मुँह से निकल ही गया—"माँजी हम तो आपको बहुत महान समझते थे। आपकी इतनी श्रद्धा करते थे—और आप... ।" वाक्य पूरा करने से पूर्व ही उसकी रुलाई फूट गई। और उस पर माँजी पहले से दुगुना तमककर बोल उठीं—"महान समझती थीं, इसका मतलब साफ है कि अब नहीं समझती हो...हाँ-हाँ...हूँ मैं खराब।...मैं बहुत ही खराब हूँ...देख लिया ना अब...अरे मैं नीच हूँ...कमीनी हूँ...गिरी हुई हूँ...कीचड़ का कीड़ा हूँ।" गुरुजी बुत बने बैठे थे...जड़...चेतनाशून्य जैसे ! और माँजी आग-बबूला हो बोले जा रही थीं..."मैं तो वो जो है ना वे...उनसे भी गिरी हुई हूँ।" तत्पश्चात जो अनाप-शनाप उनके मुँह में आया वो हाथ पैर छटक-पटक बोलती चली गईं—और बोलती ही चली गईं—"तुम लोग कान खोलकर सुन लो। अगर तुम्हारे गुरुजी ने चोरी-छिपे सिखाने की कोशिश की तो मैं समाचार-पत्रों में तुम दोनों के संबंधों के किस्से छपा दूँगी। मैं तुम्हारी 'नीचेवाली' को फोन करके पूछती रहूँगी कि कहीं ये तुम्हें संगीत सिखाने आते तो नहीं औ...र जो मुझे मालूम हुआ कि ये यहाँ आए हैं इस बिल्डिंग में इन्होंने पैर भी रखा है तो मैं नीचे आकर नंगा नाच नाचूँगी। शोर मचाकर आसपास वालों को जमा करूँगी और तुम दोनों को बाहर बुलाकर जूतियों

से तुम्हारी पिटाई करूँगी...। तुम समझती क्या हो अपने आपको।'' सुहासिनी जैसे पाषाण हुई जाती थी। विनीत हैरान-परेशान। सुहासिनी अनवरत रोये चली जा रही थी। विनीत स्थिति की गंभीरता एवं माँजी की विक्षिप्तता को भाँप उन्हें शांत करने का प्रयास करने लगे। माँजी देर तक आरोपों, आक्षेपों और दुःशब्दों का वार करती रहीं...विनीत और सुहासिनी ने उन दोनों को कैसे विदा किया और वे कैसे रवाना हुए...कुछ होश नहीं दोनों को।

बस दरवाजा बंद करते ही उन दोनों ने एक दूसरे की आँखों में बेबसी से झाँका और सुहासिनी विनीत से लिपटकर फूट-फूटकर रो दी। विनीत प्यार से उसकी पीठ पर हाथ फेरते जा रहे थे किंतु सुहास की रुलाई थमती नहीं थी। विनीत समझाए जा रहे थे—''यह दिन कैसा विकट है सुहास। कितना कठोर, कितना अकल्पनीय। यकीन मानो आज अगर गुरुजी का पास न होता तो मैं इस औरत का घोर अपमान कर घर से बाहर निकाल देता। मेरा तो जी चाह रहा था कि मैं धक्के देकर बाहर निकाल दूँ। ऐसी निम्न कोटि की बातें...तौबा। क्या करूँ, अपने संस्कार रोक देते हैं, अपनी कुलीनता बाँध देती है वरना अपनी देवी जैसी सुहास पर इतने घिनौने आक्षेप लगानेवाले को मैं...'' विनीत का गला रुँध गया और आँखें भर आईं। सुहास तड़पकर सिर्फ इतना ही कह पाई—''हमसे सहा नहीं जा रहा ! नहीं सहा जा रहा हमसे...हम जिंदा क्यों हैं। हमारा हृदय फट क्यों नहीं जाता। हम क्या करें, हम नहीं सह पा रहे हैं विनीत, हम नहीं सह पा रहे हैं...।'' विनीत ने उसे बड़े प्रेम से समझाते हुए कहा—''सुहास, अपने आपको सँभालो। ऐसी स्त्री के लिए स्वयं को इतना कष्ट न दो, तुम अपने भीतर पल रहे जीव का तो ध्यान करो...स्वयं को इतनी सज़ा मत दो...आश्चर्य है सुहास सचमुच आश्चर्य है...अजीबोगरीब है...हमारे ही घर में आकर, हमीं को गालियाँ दे, अपमानित कर चली गई और निर्लज्जता की अति देखो कि जाते-जाते यह धमकी भी दे गई कि 'आज यहाँ जो कुछ भी घटित हुआ है वह किसी को भी नहीं पता चलना चाहिए वरना मैं तुम लोगों का इस शहर में रहना दुश्वार कर दूँगी।'—क्या समझती है अपने आपको यह अभिमानी स्त्री। आज मुझे अपनी शराफत स्वयं में एक गाली लग रही है, रोग लग रही है।'' सुहासिनी को संभालने की कोशिश में विनीत स्वयं बिखरे जा रहे थे। घटित को स्वयं भी जज़्ब नहीं कर पा रहे थे। उस पर सुहासिनी की नाजुक हालत की चिंता भी उन्हें सताए जा रही थी। बीच बीच में वे सुहासिनी का ध्यान बँटाने की कोशिश भी करने लगते...।

विनीत व सुहास दोनों बिस्तर पर लेटे हुए स्वयं से ही लड़े जा रहे हैं। विनीत परेशान न हो इसलिए सुहासिनी यों जतला रही है मानो सो रही हो किंतु उसके मानस के भीतर झंझावात छिड़ा हुआ है—''हमारे बारे में, हमारे चरित्र के बारे में कोई इतने घिनौने बोल बोल गया और हम चुपचाप सुनते रहे। एक बार कह क्यों नहीं दिया हमने—''माँजी अपनी गंदी जुबान बंद रखिए।'' फिर हममें और उनमें

क्या अंतर रह जाता। ऐसा तो हम यूँ भी बोल ही नहीं सकते ना किंतु माँजी भी बुद्धि-विचार से इतने निम्न स्तर पर कैसे उतर आईं। इतनी तुच्छ बातें उनकी वाणी से निकलीं, कैसे...यह ज़हर उनके मन में कहाँ से आया...इतने पावन रिश्ते को इतनी गर्हित दृष्टि से उन्होंने क्योंकर आँका...और हमारे चरित्र...ओफ्फो..''

इधर विनीत भी कम विचलित नहीं थे। यह सोच-सोचकर और पीड़ित हुए जा रहे थे कि ''आज मेरी सुहासिनी को कितनी पीड़ा पहुँची।...कितना कष्ट हुआ देवीतुल्या सुहासिनी ने कैसे सहे होंगे ये घिनौने आक्षेप...फिर भीतर ही भीतर स्वयं पर भी अपार क्रोध उपजता...मैं भी चुप क्यों रहा—ऐसी बातें उनकी जुबान से सुनकर भी मैं उन्हें शांत करने की कोशिशें क्यों करता रहा...जोर से डाँटकर क्यों न कह दिया कि ख़बरदार जो मेरी पत्नी के बारे में एक भी बुरा शब्द मुँह से निकाला। हमारे संस्कार क्यों रोक देते हैं हमें। ऐसे गिरे हुए लोगों के सामने भला क्या संस्कार। मुझे एक बार तो उन्हें ज़ोरदार ढंग से सुना ही देना चाहिए था—किंतु बाबा तो हमेशा ये ही सिखाते रहे—''बेटा विनीत, अच्छे के साथ तो सभी अच्छे हो सकते हैं। जो बुरे के समक्ष भी अपनी अच्छाई न त्यागे, वही असली संस्कारी है, वही कुलीन है।'' विनीत को इस औरत की बुद्धि पर आश्चर्य हो रहा था कि ''ऐसी कुत्सित बातें करने के उपरांत भी उसे महान कहलाने की महत्वाकांक्षा है। कैसा विकृत मोह है यह।''

और वही होकर रहा जिसका डर था। निष्कलुष, सरल एवं पवित्र सुहासिनी इस मानसिक तनाव की दारुण पीड़ा को न सह पाई। अकथ पीड़ा, असह्य वेदना, असाध्य विषाद के अनुताप एवं संताप ने उसके भीतर पल रहे जीव को छीन लिया और जन्म से पहले ही उसने अपना बालक खो दिया।

दोनों के हृदय पर गहरा अवसाद छा गया। तत्पश्चात सुहासिनी खिन्न-विषण्ण सी रहने लगी। मन हर पल-हर क्षण उचाट रहता—किसी काम में भी जी न लगता। इस दारुण कष्टदायी वेदना ने उसे मलिन कर दिया। वह खोई-खोई, कटी-कटी सी रहने लगी। मन के आघात ने शरीर को भी अत्यंत अशक्त कर दिया...केवल विनीत का निस्वार्थ प्रेम उस डूबती नैया को तिनके का सहारा था...वरना वह जीवित कहाँ थी भला।

उसकी अस्वस्थता की चर्चा मित्रों एवं रिश्तेदारों तक पहुँची तो उनके ख़त आने लगे, किंतु नैराश्य एवं हतोत्साह के कोहरे में लिपटी सुहासिनी ने तो चुप्पी ही साध ली जैसे।

उसका पीड़ित अहम्, उसका आहत स्वाभिमान बारंबार प्रताड़ित हो चीत्कार कर उठता—कभी-कभार उसके घायल मन में उन सबसे प्रतिशोध लेने की भावना बलवती हो उठती। उसके भीतर की पीड़ा उग्र तब हो उठती जब उन महिलाओं के साथ कुछ भी शिकायत जाहिर न करते हुए अत्यधिक स्वाभाविक एवं अति मधुर

व्यवहार करना पड़ता। ऐसे अवसर भयानक सज़ा की भाँति किसी सामूहिक समारोह अथवा विशेष आयोजनों में अनचाहे ही आ जाते थे...बहुत बार सुहासिनी की इच्छा होती कि वह बार-बार चिल्ला-चिल्लाकर इन महिलाओं की असलियत सबको बताए...बताए कि इनका सत्य-रूप क्या है...इनका असली चेहरा कैसा है...यद्यपि उसे पीड़ित-प्रताड़ित करनेवाले उसके गुरु नहीं थे। —उनसे बहुत करीब से जुड़ी ये महिलाएँ ही थीं। इसके बावजूद न चाहते हुए भी उसका अंतर्मन सोच ही तो जाता—''गुरुजी की आत्मा पर क्या तनिक भी बोझ नहीं रहता कि इस निर्दोष को अकारण ही कितनी पीड़ा मिल रही है। मेरे बारे में सच उनकी पत्नी अथवा समधन समझे न समझे, जाने न जाने, माने न माने परंतु स्वयं गुरु तो इस सत्य से अनभिज्ञ नहीं, अनजान नहीं। उन्हें तो ज्ञात है कि मैं दोषहीन हूँ, निरपराधिनी हूँ, मुझ पर झूठे...मिथ्याभियोग लगा मुझे लांछित किया जा रहा है...प्रताड़ित किया जा रहा है...पीड़ित किया जा रहा है—वे चुप क्यों हैं, क्यों मौन रहकर वे उनकी अवांछित इच्छाओं की पूर्ति किए जा रहे हैं...उनके मिथ्याभिमान एवं अर्थहीन कुंठाओं को पोषित करने के लिए मुझे इस अकथ वेदना की ज्वाला में क्योंकर झुलसाए जा रहे हैं।''...

ऐसी ही एक निराश साँझ घर में अकेली बैठी वह अपने भाग्य से दुर्भाग्य के उत्तर माँग रही थी कि दरवाजे की घंटी बजी। दरवाजा खोल सामने मुहम्मद को देख वह कुछ हैरान-परेशान हो उठी—मुहम्मद गुरुजी की गाड़ी चलाता था। आज इतने अरसे बाद गुरुजी का ड्राइवर यहाँ क्यों आया है—वह इसी उधेड़बुन में थी कि पलभर में मुहम्मद सुहासिनी के कदमों में गिर पड़ा—''मैडम, मुझे माफ कर दो। माफ कर दो मुझे।''—किंतु सुहासिनी कुछ भी समझ नहीं पा रही थी। वह मुहम्मद को ऐसी अवस्था में देख घबरा गई। घर में कोई था भी नहीं इसलिए घबराहट और बढ़ गई। किसी तरह साहस जुटा उसने स्थिति को संभाला। मुहम्मद को घर के भीतर बैठाया, पानी पिलाया। किंतु मुहम्मद तो बड़े विचित्र ढंग से पेश आ रहा था और बे-ताने-बाने की बातें किए जा रहा था। उसने सुहासिनी को कुछ पूछने अथवा बोलने का मौका ही नहीं दिया। किसी विक्षिप्त की भाँति बेसिर-पैर बोले चला गया—''मुझे याद है मैडम, एक बार आप गुरुजी से चर्चा कर रही थीं। मैंने वह बात बहुत गौर से सुनी थी। आपने कहा था—कोई कितना ही बुरा अथवा गलत हमारे साथ करे, हम बदले में उसका बुरा नहीं कर सकते। आपको याद है ना मैडम, जब गुरुजी ने आपको समझाया था कि इससे बुरा करनेवाले लाभ उठाते हैं और उन्हें बुरा करने की शह मिलती है, तब आपने जवाब दिया था—'मुहम्मद कुछ समय के लिए चुप रहा। सुहासिनी परेशान थी क्योंकि किसी भी बात का सूत्र उसकी पकड़ में अब तक नहीं आ रहा था, किंतु मुहम्मद ने लंबी साँस लेकर कहा—''मैडम मैं नहीं भूला आपका जवाब। आपने जवाब दिया था—''नहीं, हमारे साथ अपने जीवन का कुछ अजीब अनुभव है, जो भी हमें अकारण सताता है...हम तो उसे कुछ नहीं

कहते किंतु विधाता कहें या प्रकृति कहें—से वह छूट नहीं पाता। हमने सदा अनुभव किया है कि उसे निश्चित रूप से बहुत दुःख भोगना पड़ता है। हालाँकि यह कोई तर्क नहीं है किंतु ऐसा हमारा अनुभव अवश्य है"...हाँ आपने बिलकुल सही कहा था। मैंने भी आपको सताया तो अल्ला मियाँ मुझे जमकर सता रहा है, आप मुझे माफ कर दो। आप नहीं जानतीं ऊपर वाले ने कैसा कहर मुझ पर ढाया है। चंद सिक्कों के लालच में मैं उस नकारा औरत ज्योति ठाकुर के बहकावे में आ गया और उसके कहने पर, उकसाने पर मैंने माँजी को आपके खिलाफ बहुत भड़काया। आपके और गुरुजी के पाक रिश्ते पर भी कीचड़ उछाला...आप फरिश्ता हैं...आपमें मैंने कभी कोई गलत बात देखी ही नहीं...पर मैं पैसे की चमक के सामने अंधा हो गया था। मैं वही कहता गया जो वह चालबाज औरत मुझसे कहलवा रही थी...और मैडम आप नहीं जानती हैं...ऊपर वाले ने उसकी क्या सज़ा मुझको दी है...दो महीने पहले ब्याही मेरी बेटी को उसके ससुरालवालों ने वापस मायके भेज दिया है। उस भोली-भाली पर झूठी तोहमत लगाकर कि उसका चरित्र सही नहीं है।"—और कहते-कहते वह फूट-फूट कर रो दिया—"मैडम ऊपरवाले ने मुझे अपने किए की सज़ा दी है। मैडम मैंने आपके पाक-साफ दामन पर दाग लगाने की कोशिश की तो मेरी बेटी पर भी यह मुसीबत आई...मैं लुट गया। मैडम मैं लुट गया। अगर आप माफ कर दोगी तो शायद अल्ला-मियाँ की भी नज़र सीधी हो जाए। मेरी बेटी का नसीब बदल जाए। मैं क्या करूँ मैडम, मैं क्या करूँ"...मुहम्मद की रुलाई रुकती न थी...।

सुहासिनी ने किसी भाँति समझा-बुझा कर उसे भेज दिया किंतु स्वयं उसका मस्तिष्क घूम गया...हे भगवान ! कोई इतने निम्न स्तर पर कैसे गिर सकता है। कैसे कोई इतने छल-प्रपंच रच ऐसे भयानक षड्यंत्र कर सकता है। फिर हमने क्या बिगाड़ा है इस ज्योति का...क्यों वह इतने घिनौने, इतने जघन्य कृत्य कर रही है। हमने तो कभी भी उससे कुछ भी....कुछ भी नहीं कहा। बल्कि कभी उससे कोई सरोकार ही नहीं रखा। फिर हमसे ऐसी शत्रुतापूर्ण ढंग से क्यों पेश आ रही है। वह...किंतु अब सब कुछ उसकी समझ में आ रहा था कि उन दो-तीन दिनों में गुरुजी और सुहासिनी को उतारकर दिनभर ड्राइवर समेत गाड़ी अपने पास रखने का अर्थ क्या था...काम का तो बहाना था...इसी षड्यंत्र के सूत्रपात के लिए ज्योति द्वारा निर्मित एक आधार—एक ऐसा आधार था यह, जिसके सहारे उसने माँजी के कानों में सुहासिनी के खिलाफ ज़हर भरा। न जाने उसके बारे में क्या ऊट-पटाँग बातें कीं कि माँजी उससे इतनी घृणा करने लगीं। अब उसकी समझ में आ रहा था कि ऐसा करने के पीछे ज्योति का क्या मकसद था...क्या लक्ष्य था...

सुहासिनी का मस्तिष्क घूम गया। उसके दुःख की कोई सीमा नहीं रही...यह ईर्ष्या, यह द्वेष मनुष्य पर इस कदर हावी क्यों है...क्यों है दूसरों को नीचे गिरा स्वयं

को उठाने की दुर्भावना...क्यों है दूसरों से छीनकर स्वयं को बनाने की अंधी कामना... ? ?

एक विषण्ण हँसी सुहासिनी के चेहरे पर छा जाती है। कहने को हम अंतर्राष्ट्रीय महिला वर्ष मना रहे हैं। क्या ऐसी तथाकथित संभ्रांत महिलाओं से परिचित है हमारा समाज, हमारा राष्ट्र अथवा विश्व... । अंतर्राष्ट्रीय महिला दिवस मना महिलाओं को सम्मान के उच्चासन पर प्रतिष्ठित करनेवाले लोग क्या यह जानते हैं कि स्त्री ही स्त्री की शत्रु है, स्त्री ही स्त्री की बैरी है और स्त्री ही अक्सर स्त्री के नाश का कारण बनती है...कैसी विकट विडंबना है यह...

बड़े अनमनेपन से संगीता समाचार-पत्र के पन्ने उलट-पलट रही थी। मानस म कुछ और ही विचार चल रहे थे।...विभा दीदी को अपनी कहानी भेजे हुए लगभग एक महीना व्यतीत हो चुका होगा...उनका कोई जवाब...कहीं उनकी तबीयत...और आँखों के सामने अचानक बड़ा-सा विज्ञापन देख उसकी दृष्टि ठहर गई। अरे ! यह तो अंतर्राष्ट्रीय महिला वर्ष पर आयोजित कहानी प्रतियोगिता का पुरस्कार वितरण-समारोह है और वह भी इसी शहर में। संगीता भीतर ही भीतर पुलकित हो उठी—वह पुरस्कार वितरण के कार्यक्रम में अवश्य जाएगी। स्त्रियों द्वारा बारंबार आहत किए जाने के कारण वह यह जानने को उत्सुक है कि इन कहानियों में स्त्रियों के स्वरूप को, उसके व्यक्तित्व को किस प्रकार दर्शाया गया होगा एवं किस प्रकार की कहानियाँ पुरस्कृत हुई होंगी।

और संगीता समारोह में पहुँच ही गई। मंच पर पुरस्कृत कहानियों एवं कहानीकारों के नामों की घोषणा होने लगी। प्रथम एवं द्वितीय स्थान पानेवाली कहानियाँ पुरस्कार प्राप्तकर्ता द्वारा मंच पर पढ़ी जानेवाली थी। प्रथम नाम की घोषणा हुई—"प्रथम पुरस्कार प्राप्त करने का गौरव मिला है सुश्री विभा शर्मा को।" संगीता के कान चौकन्ने हो गए व नेत्र विस्तृत...और कुछ ही पलों में पुरस्कार ग्रहण करने के लिए मंच की ओर बढ़ती विभा दीदी को देख वह दंग रह गई। मन में पल भर को पुलकित भी हुई कि दीदी तो पूरी छुपी रुस्तम निकलीं। बताया तक नहीं उसने किसी को...मुझे भी नहीं...किंतु संगीता आह्लाद से भर उठी अपनी प्रिय दीदी की इस अनुपम उपलब्धि पर। विभा ने मंच पर पहुँच कहानी पढ़नी प्रारंभ कर दी थी।

किंतु यह क्या...यह तो उसी की कहानी है...यह तो उसकी अपनी—उसकी लिखी हुई...जो उसने विभा दीदी को भेजी थी...अरे...रे...रे यह क्या...उसके पाँव तले की ज़मीन खिसक गई। नितांत असहज हो उठी वह।

कहानी समाप्त होने पर संगीता के कदम मंच की ओर बढ़ चले। इधर श्रोताओं तालियों की गड़गड़ाहट से आत्मविभोर हुई, श्रोताओं की बधाइयाँ एवं शुभकामना

स्वीकार करती हुई विभा दीदी भी मंच से उतरती दिखाई दीं। अपने समक्ष अचानक संगीता को खड़ा देख वह भौंचक्की रह गईं, अवाक रह गईं। संगीता की वाणी से एक भी शब्द नहीं फूटा किंतु उसकी उत्तरापेक्षी भाव-प्रवण आँखें वाचाल हो विभा से प्रश्न कर रहीं थीं—''दीदी, तुम भी... ? ?

अपनी अस्थिरता, बेचैनी, अन्यमनस्कता से उबरने का प्रयास करती हुई विभा दीदी बोली—''सुनो संगीता...सुनो....। लेकिन तब तक संगीता पीठ मोड़ तेज़ कदमों से आगे चल दी।

●●●